夢はトリノをかけめぐる

東野圭吾

光 文 社

目次

1

僕はネコである。

賢明な読者の皆さんならわかると思うけど、この出だしは超有名な小説の冒頭をパクっている。その小説の場合、この後、「名前はまだない」と続くのだけど、僕には名前がついている。

夢吉、という名前だ。名前をつけたのは、同居人のおっさんである。おっさんの職業は作家だ。いんちき臭い小説を書いて、生計を立てている。

ふだん我々はお互いの生活に干渉しない。そういう暗黙の了解がなされているのだ。例外は病気になった時ぐらいで、そういう場合には僕だってお粥ぐらいは作ってやる。

で、この日の朝は僕がおっさんに助けを求めることになった。

「おい、ちょっと来てくれ。大変だ」

僕の声を聞いて仕事場から、ぼさぼさ頭のおっさんが現れた。寝ぼけ眼《まなこ》だったが、僕を見た途端に目をまん丸くした。

「わっ、誰だ、おまえ」

「僕だ。夢吉だ」

「えっ、まさか、そうなのか」おっさんは僕の身体をじろじろ見てから首を捻《ひね》った。「そういえばそのセーターの縞《しま》模様には見覚えがあるな」

「僕の毛皮の柄だ」

「ははあ」おっさんは頷《うなず》いた。「なんでそんなことになったんだ」

「知らん。目が覚めたらこうなってた」

どうなっていたのかというと、本来ネコであるはずの僕が人間の姿をしていたのだ。年の頃は二十歳前というところか。鏡で見たかぎりでは、なかなかの男前だ。

「へえぇ」おっさんは煙草を吸い始めた。「不思議なこともあるものだな」

ふつうネコが人間に変身したら、この程度の驚きで済むはずがないのだが、ここでもたもたしていたら話が進まないので、おっさんのリアクションはこのぐらいに留めておく。

「どうしたらいいと思う？」

「まあ、なっちゃったものは仕方がないだろ。せっかくだから人間として生きてみろ」

「えー、面倒臭いな。今まで通りでいいよ」

「何をいってる。いい若い者が日向《ひなた》ぼっこや昼寝で一日を潰《つぶ》す気か。そうだ、おまえ、バイトをやれ。駅前のラーメン屋で募集してたぞ」

「ラーメンは苦手だ。猫舌なんだ」

「おまえが食うわけじゃない。客に食わせるんだ」

「味見をしなきゃいけないだろ。それに僕が稼ぐと、おっさんの扶養控除額が減るぞ」

「そうか。それは一理ある」

おっさんはテレビをつけた。フィギュアスケートの大会が放送されていた。安《あん》藤美姫《どうみき》ちゃんが滑っているのを見て、おっさんは鼻の下を伸ばしている。

「もうすぐトリノ・オリンピックだなあ。ソルトレークからもう四年か。早いなあ」そんなことをぶつぶつ呟《つぶや》いた後、おっさんは膝を叩いてこちらを見た。「いいことを思いついたぞ」

「なんだよ、今度は」

「おまえ、オリンピックに出ろ。金メダルを獲《と》って、俺に恩返ししろ」

　翌日、僕はおっさんと共に札幌行きの飛行機に乗っていた。

「俺が最初に冬季五輪を知ったのは中学二年の時だ。札幌五輪で、日本ジャンプ陣が金、銀、銅のメダルを独占したのを見て以来、スキー・ジャンプのファンになった」

「あっ、それ知ってる。原田《はらだ》とか船木《ふなき》とかだな」

「それは長野五輪だ。札幌五輪は一九七二年。それまでは冬のオリンピックなんてものがあることさえ知らなかった」

「僕は今でも、冬季五輪というものがよくわかんないんだけどね。ふつうの人もそうじゃないか。夏の大会に比べると人気がないよな」

「おまえ、いいにくいことをはっきりいうな。でもまあその通りだ。たとえばカール・ルイスとかセルゲイ・ブブカの名前を知らない人は少ないが、ビョルン・ダーリとかマッチ・ニッカネンとなると、どれだけの人が知っているか」

「ニッカネンはジャンプの選手だろ。この間、暴行罪で逮捕されたっていう記事を見た」

「カルガリー五輪じゃ、金メダルを三つも獲ったフィンランドの英雄だぞ。それがトラブルでしか話題にならないとはなあ」

「ダーリっていうのは?」

「ビョルン・ダーリはノルウェーの英雄だ。クロスカントリーの王様といわれた人物で、長野五輪では金メダルを三つ獲った。五輪の通算で金八個。化け物だろ」

「知らなかったなあ」

「とにかく日本では冬季五輪の注目度が低い。ウインタースポーツのファンとして、俺はそのことがずっと不満だった。なんでこんなふうなのか、ずっと調べたいと思ってたんだ。ちょうどいい機会だから、日本人にとって冬季五輪とは何なのかを検証してみよう」

「ずいぶん大風呂敷を広げたな。大丈夫か。それはいいけど、おっさんのその検証と、僕が五輪に挑戦することと、どういう関係があるんだ」

「今もいったように、日本では冬季種目の人気が低い。ということはだ、出場するまでの道のりも夏季大会よりは険しくないってことになる。そのことを確かめようというわけだ」

「ふうん、そううまくいくかな。僕はネコだぞ」

「ネコだからうまくいくこともあるかもしれんじゃないか」

何という楽観的な見通しだ。

「ところで一言いっておくけど、僕がオリンピックを目指すのは自分のためだからな。恩返しとか何とか、意味のわからんことをいってたけど、そんなものは全然関係ないからな」

「おっ、着いたようだぞ」

「聞いてるのか、こら、おっさん」

札幌に着いて車で向かったところは陸上自衛隊の真駒内《まこまない》駐屯地西岡《にしおか》射撃場だった。なんでこんなところに用があるのかとおっさんに訊《き》いてみた。

「そこに、あるスポーツのプロ集団がいるからだ」おっさんは鼻を膨らませていう。

「プロ？　サッカーとか野球とか？」

「それじゃ冬季スポーツじゃないだろ。トウセンキョウだ」

「トウセンキョウ？」

おっさんはケータイに繋いだノートパソコンを取り出し、あるホームページを開いた。『冬季戦技教育隊』というタイトルが出ている。そこには次のようにあった。

冬季戦技教育隊〔通称：「冬戦教」（とうせんきょう）〕は、百八十五万都市札幌に在り、「積雪寒冷地における戦闘・戦技の指導に必要な教育訓練」を担当する戦闘戦技教育室、「積雪寒冷地における部隊運用等の調査研究」を行う調査研究室、「『冬季近代二種（バイアスロン）』・『スキー』の教育訓練」を行う特別体育課程教育室及びそれらの支援を行う隊本部からなる陸上自衛隊唯一の冬季専門部隊です。

「ふうん、戦闘訓練をしているわけか」

「まあそういうことだが、実質的にはオリンピック選手を育てている。特にバイアスロンは、日本ではここでしか練習できない」

「どうして？　ていうか、バイアスロンって何だ」

「知らないのか」

「聞いたことはあるような気がする」

するとおっさんは途端にしかめっ面《つら》をした。

「そうなんだよな。ふつうの人に話すとトライアスロンの変形か、なんていわれる。冬季種目の認知度はどれも低いけど、バイアスロンはその代表格だな」

冬戦教のホームページによれば、バイアスロンというのは、スキーの距離競技と射撃とを行うスポーツらしい。つまり一所懸命に長い距離をスキーで走りながら、その合間にライフル射撃をするのだ。射撃で的を外したら、ペナルティとして余分に走らねばならないという。

「想像しただけでもめちゃくちゃにきつい競技だね」僕はいった。

「そうだろう。おまけに射撃をするには資格が必要だから、競技人口が少ないのも当然だ」

「なるほど、それで冬戦教でしか練習できないわけか」

「そういうことだ」

「えっ。おい、もしかしたらそれを僕にやらせようというのか」

「そうだ」

「いやだ。そんなきついことはしたくない」

「うるさい、ここまで来たんだから観念しろ。それに本当に競技人口が少ないんだ。冬戦教のメンバーは三十数名しかいない。実質的にこれが日本における全競技者数だ。いわば始めるなりナショナルチームに入ったようなもんだ。どうだ。これほどオリンピックに近い道はないだろう」

「そうかなあ。なんか騙《だま》されてるような気がするけどなあ」

「それならちょうどいい。騙されたつもりでついてこい」

車は山道を登っていく。着いたところは物々しい門の前だ。二人の自衛官が立っていた。看板に、陸上自衛隊冬季戦技教育隊第一射場ローラースキーコースと記してある。

門をくぐると広大な野原だ。そこにアスファルトのコースが作ってあり、その上を選手と思われる若者たちがスケートのようなものを履いて滑っている。ローラースキーだ、とおっさんが教えてくれた。雪のない時期はこのようにしてクロスカントリーの練習をするらしい。すいすい滑っているのを見ていると、ちょっと楽しそうだ。

自衛官の制服をきっちりと着込んだ、いかにも怖そうな男性が近づいてきた。おっさんはその人と二言三言話すと僕を手招きした。

「こちらは冬戦教の広報担当で、スカウトもしておられる中村《なかむら》忠《ただし》さんだ。中村さん、こいつが今お話しした夢吉です」

「君が夢吉君か」中村さんは怖そうな顔を和《なご》ませていった。「以前はネコだったとか」

どうやら事情は伝わっているようだ。僕は、よろしくお願いします、と頭を下げた。

「バイアスロンを希望するとは嬉しいね。選手を集めるのがなかなか大変なんだ」

「スカウトの対象は、やっぱり大学とか高校でクロスカントリー歴のある人ですか」おっさんが訊く。

「そうですね。本当はトップの選手をスカウトしたいのですが、そういう人はほとんど一般企業チームにはいってクロスカントリーを続けますから……、現状はなかなか厳しいスカウト状況ですね」

「スカウトの際の殺し文句は何ですか。やっぱり、オリンピックに出やすいぞ、ですか」

「それもありますが、まず練習環境の良さをアピールすること、そしてクロカンとバイアスロンの二つの冬季種目でオリンピックを目指す二つの選択肢が持てること、それから銃を撃てるぞ、撃ち放題だぞ、というほうが効果があるようです。でもなかなかすんなりとはいきませんがね」

「障害は何ですか」

「やっぱり自衛隊という名前の抵抗感もあって、職業としての中身をあまり理解されていないということですね。何らかの職業を目指している学生の場合、それでもうアウトです。スカウトで冬戦教に入った者には、通常の入隊者よりも高い地位が与えられるんですがね」

中村さんは僕たちを射撃場に案内してくれた。ローラースキーでそこまで滑ってきた選手は、即座にライフルを構え姿勢をとり射撃を始める。黒くて丸い的が五十メートル先に五個並んでいて、それを狙うのだ。命中すると黒い的が白く変わる。

「クロスカントリーで息が乱れているのに、よくすぐに射撃を始められますね」

おっさんが感心した声でいう。「僕は学生時代にアーチェリーをしていたのですが、息が荒いとなかなか照準器が定まらなかったものです」

「射撃場に近づくにつれて、少しずつ息を整えていくということはあります。でも世界の男子のトップクラスの選手だと、あまりはっきりした呼吸・脈拍調整はしないですね。普通に走ってきてそのまま射撃に入っていきます、呼吸・脈拍調整をあまり意識して整えることなく、撃ち始めます。早い選手だと五個の標的を

「三十秒以内で打ち落として行くこともありますよ」

世界で戦うというのはすごいことなのだなあ。

かわいい女性が力強く走ってきて、ライフルを構えた。その姿は凜々《りり》しくて格好いい。どことなく広末涼子《ひろすえりようこ》に似ている。

「あの人、かわいいね」僕はいってみた。

「そうだな」おっさんもにやけ面《づら》だ。

「目黒香苗《めぐろかなえ》です」中村さんが教えてくれた。「今、一番期待している選手です。トリノ五輪の出場も内定しています」

教えてもらったプロフィールによれば、目黒選手は日本女子体育大学の出身で二十七歳。バイアスロンを始めたのはもちろん自衛隊に入ってからで、それまではクロスカントリーの選手だった。ワールドカップに参戦したのは二〇〇三年からで、昨シーズンの最高成績は八位。走力は世界でも十位前後で、今シーズンは表彰台も狙えそうだという。

「旧姓は鈴木《すずき》です」

中村さんの言葉に僕たちは驚いた。

「えっ、旧姓？」

「はい。旦那はソルトレーク五輪でバイアスロン代表選手になった目黒宏直《ひろなお》です」

どうやら人妻らしい。おっさん、ちょっとへこむ。

現時点では目黒香苗選手のほか、男子では井佐英徳《いさひでのり》選手が五輪代表に内定しているそうだ。バイアスロンの代表は男女各五人（共に補欠一人を含む）で、この変な原稿が雑誌に掲載される頃には決まっているかもしれない。

「皆さんすごいですね。僕もこんなことができるようになるのかなあ」

「練習次第だよ」中村さんがいう。「でも君はちょっと猫背だな」

「生まれつきなんです」

「バイアスロンをすれば猫背も治るよ」

この後、おっさんがどう画策したのか、目黒香苗選手と話をさせてもらえることになった。

屋内で向き合うと、目黒選手はトレーニングをしている時に比べて、ずいぶんと小さく見えた。ていうか、ライフルを構えたり、ローラースキーをしたりしているときの彼女は、実際よりも大きく見えるということだ。たぶん競技に対する自信が、こちらにも伝わってくるんだろうな。

目黒選手によれば、今の目標はトリノでメダルを獲ることらしい。じつに頼もしい。

「クロスカントリーからバイアスロンに転向した決め手は何ですか」おっさんが訊く。

「大学三年の時に冬戦教の方からスカウトされたんですけど、自衛隊に入ったら銃が撃てるのでバイアスロンに転向する道もあるよといわれたんです。それから、競技人口が少ないからオリンピックへの道も近いよとも」

このあたり、中村さんがおっしゃっていた通りだ。

「銃が撃てるというのと、オリンピック出場——どちらが魅力的でしたか」

「私の場合は銃を撃ってみたいっていう気持ちのほうですね。オリンピックというのは、本当に夢物語だと思っていたので」

「実際に撃ってみて、どうでしたか」

「うーん、難しいです。外国選手だと、子供の頃から銃に慣れているせいか、やっぱり射撃はうまいなあと思います」

おっさんが席を立ったので、僕はこっそり質問してみることにした。

「あのー、僕もバイアスロンをやってみろといわれてるんですけど」

「そのようね。がんばってね」

「走ってきて、いきなり射撃なんて相当苦しいと思うんですけど」

「それはまあね」目黒選手は苦笑した。「自分のリズムを摑《つか》めないと呼吸調整ができないの。初めのうちは、走ってきてからの射撃が全然できなくて、照準がぶれるどころか、引き金を落とすことさえできなかったな」

「ひゃあ、そんなに」

「競技を始める前は、苦しくてもとにかく撃てばいいだろうって思ってたの。でも、まず引き金を引けないのよね。これって苦しいなあと思っちゃった」

僕が暗い表情をしていたからだろう、目黒選手はあわてた様子で手を振った。

「あっ、でも、当たれば楽しいわよ。快感だし」

「外れれば苦しいってことでしょ」

「それはまあそうだけど、外れたら走ればいいだけだと思えばいいじゃない」

そう簡単に思えるのかなあ。

「僕は元がネコなので、イヌと違って、あまり長い距離を走るのは得意じゃないんです」

「だったらなおのこと、バイアスロンが向いてるわよ。だって射撃が得意になれば、苦手な人よりも走る距離が短くて済むもの。走力ではかなわない相手にだって勝てるチャンスが出てくる」

「ははあ、そういうものですか」

なんか騙されてるような気がするが、納得してしまった。

「あのー、こんなこと訊いてもいいのかな」

「何でもどうぞ」

「ええとですね、バイアスロンの魅力って一体何ですか」

目黒選手は、うーんと考え込んでしまった。

「やってる時はやっぱり辛いかな。その魅力はゴールした時にしかわからないかも。射撃が当たって、うまく走れて、それでゴールした時には大きな達成感があるのよね。それを求めて続けてるって感じ」

「すごいですねえ」

僕は周りをきょろきょろ見回してから小声でいった。

「目黒さんは自衛官ですよね。そのことで何か不満とかはないんですか」

するとと目黒選手も声をひそめた。

「やっぱり規律が厳しいの。たとえば食事の時間とかはぴっちり決められていて、自由にならないし。後は銃の保管法のこととか。法律だから不自由なのは当然なんだけど」

「結構大変なんだなあ」

目黒選手によれば、バイアスロンはヨーロッパでは人気競技で、一人の選手にファンクラブがいくつもあったり、大会では横断幕が出たりするらしい。芸能人のような感じの選手もいるという。

「そういう声援を背に走ってるから強いのかなって思うこともあるなあ」目黒選手はしみじみといった。

この後の予定があるとかで、目黒選手は部屋を出ていった。おっさんは何をしているのだろうと思っていると、別の女性が入ってきた。トレーニングウェア姿だ。

「あれ、君は誰?」僕に話しかけてきた。

「夢吉です」

「ああ、バイアスロンをやりたいっていうネコ君ね」

「いやあ、やりたいわけでは……」

「私は曽根田千鶴《そねたちづる》、よろしくね。クロスカントリーをやってるの」

「あ、バイアスロンじゃないんですか」

「私も冬戦教に入った直後は、半年間バイアスロンをやったことがあるのよ。身体が小さいのに、あんなに重い銃(約四・五㌕)を背負って。今から比べると全然筋肉がなかったから肩は凝るし、重いし、ローラースキーは辛いし、で、弾はもちろんちっとも当たんないし、イヤでイヤでしょうがなかった」

「射撃が嫌だったんですね」

「そう。ていうか、クロスカントリーも本当は好きじゃなかったんだけどね」

「えっ」

「私、陸上をやりたかったのよね。長距離。でも学校の陸上部が大したことなかったから、陸上のトレーニングをするつもりでスキー部に入ったの。そうしたら冬になったら何となくスキーもやらなきゃいけなくなって。まあそのうちに少しずつ面白くなったなって感じかな。成績もウナギ登りで気分よかったし」

「でもクロスカントリーなら自衛隊に入らなくてもよかったんじゃないですか」

僕がいうと曽根田選手は、「そうなのよー」と声のトーンを上げた。

「私は大学に行きたかったの。自衛隊なんて、大っ嫌いだった。自衛隊っていう言葉の響きも嫌いだし、緑の服着て、なんか異様な雰囲気じゃない。苦手だなーって思ってた。でも高校の先生と親が、こいつを大学に行かせたら家が破産するとか話し合って……」

「破産？」

「私、結構、クラブ活動とかでお金がかかったのよ。それで、先生と親が相談して、自衛隊に入れることにしちゃったわけ。本当は大学から推薦の話が来てたんだけど……まあ、実際、かなりお金を使っていたから、今から考えると仕方ないかなって思うんだけど」そういって曽根田さんはげらげら笑った。

「おっさん……僕の同居人ですが、以前からクロスカントリーをやってみたいとかいってましたよ」

「あの作家さんね。へえ、変わってるー」

「そうですか」

「だって、ただひたすら辛いのを我慢して走るのがクロスカントリーだよ。私は人に勧めないなあ。面白いなんていえない」

「じゃあ、曽根田さんはどうして続けているんですか」

「それはねえ、まだ納得のいく成績を出してないから。世界選手権とかオリンピックの代表から外された時に辞めたいって思ったことはあるけど、ここで辞めたら、これからの人生、いやなことがあるたびに逃げちゃうような気がして続けてきたの。精神的にボロボロになったこともあるけど、ここがどん底だと思って、絶対に満足のいく成績を出すまでは辞めないぞって心に決めたの、それでここまで来たって感じかな」

　イヤだイヤだといいながらも、曽根田選手の思いは熱いのだ。彼女の成績を調べてみると、二〇〇二年からの全日本スキー選手権等、数々の全日本クラスの大会で優勝している。すごい選手なのだ。

「がんばってください。五輪の内定が出るといいですね」

「ありがとう。君もがんばってね」

曽根田さんが出ていってしばらくして、おっさんが戻ってきた。

「どこに行ってたんだ」僕は訊いた。

「中村さんにトレーニング施設を見せてもらってきた。いろいろと揃っててすごいぞ。おまえもあそこでしごいてもらえ」

「いや、僕はもう少し考えることにした」

「なんだ、今さら逃げる気か」

「そうじゃなくて、冬季種目にはいろいろとあって、そのことを僕が全然知らなかったことに気づいたんだ。どんなものがあるか、もっといろいろと見てみたい」

「なるほど。じゃあ、次は何にする?」

「そう訊かれても困るよ。どういう種目があるのか、まるで知らないんだから」

「そうか」おっさんは腕組みをして考え込んだ後、ぱちんと指を鳴らした。「よし、今度はあれに挑戦だ」

「あれ？　何だよ、あれって」

「あれといえばあれだ」

あれというのが何なのか。それは次回までのお楽しみである。

2

ある朝、僕が窓際で日向ぼっこをしていると、おっさんにネコジャラシで鼻先をくすぐられた。

「何するんだ。僕はもうネコじゃないんだぞ」鼻をこすりながら抗議した。

「いい若いもんがだらだらしているからだ。ネコの時は役立たずも気にならなかったが、人間の姿で役立たずとなると、見ているだけでむかついてくる」

「今は休息しているだけだ」

「一日中休息してどうする。例の件はどうなった？」

「例の件って？」

「前回のことを忘れたのか。冬季五輪に挑戦するんだろ」

「ああ、あのことか」僕はのそのそと起き上がった。

「まだ覚えてたのか」

「当たり前だ。おまえまさか、ばっくれようと思ってたんじゃないだろうな。五輪挑戦を辞めるなら、ラーメン屋でバイトをさせるぞ」

「わかったわかった。やりゃあいいんだろ。で、今度は何をするんだ」

するとおっさんはにやりと笑い、テレビとビデオのスイッチを入れた。テレビ画面に映し出されたのは雪景色である。ものすごい降雪の中、一人の選手が直滑降した後、空中に飛びだした。アナウンサーが絶叫している。

見覚えのある映像だった。長野五輪のジャンプ団体で日本が金メダルを獲得した時の模様だ。

原田、船木らの四選手が雪の上で転げ回って喜んでいるところで、おっさんは映像を停止させた。

「おまえ、これをやれ」

えーっ、と僕はのけぞった。

「勘弁してくれ、あんな怖いこと、出来るわけない」

「おまえネコだろ、高い所から飛び降りるのは得意のはずだぞ」

「程度問題だ。滑り降りて空中に飛び出すなんて、想像しただけで尻尾《しっぽ》が縮む」

「だからこそ、男らしくてかっこいいんじゃないか。スターになれるぞ」

「えぇー、そうかなあ」僕は首を傾《かし》げた。「ジャンプで活躍してもスターにはなれないと思うけどなあ」

「よし、じゃあ確かめてみよう」

僕たちは家を出て、近所の喫茶店に入った。そこにはモナミちゃんというかわいいウエイトレスがいる。十九歳だという。

「なあモナミちゃん、長野五輪のジャンプのこと、覚えてるだろ？　金メダルを獲った時のこと」おっさんがにやけながら訊く。

「知ってます。お父さんとお母さんが興奮してたし」

「そらみろ」おっさんは僕にいった。「こんな子だって、あの試合のことは知ってるんだ」

「じゃあ、金メダルを獲った時のメンバーをいえる？」僕はモナミちゃんに訊いてみた。

「いえるよなあ」

おっさんがいうと、モナミちゃんは途端に困った顔になった。

「えーと、ハラダとフナキ……」

「ほかには？　全部で四人いたんだけど」僕が促す。

彼女は首を振った。

「ごめんなさい。あとの二人は覚えてません」

「えーっ、そうなのか」おっさん、目を剝《む》く。

「じゃあさあ、ジャンプの個人戦のことは覚えてる？」僕はモナミちゃんにいった。「船木がノーマルヒルで銀、ラージヒルで金を獲り、原田もラージヒルで銅を獲ったんだけど」

「そうでしたっけ」

「覚えてないよね」

「ごめんなさい。小学生だったし」そういってモナミちゃんは立ち去った。

おっさんは腕組みをした。

「金メダルを獲ったジャンプでさえ、この程度の認知度か。思った以上にウインタースポーツは人気がないな。うーむ、歴史は繰り返す、だな」

「歴史？」

「長野五輪以前にもジャンプが脚光を浴びた瞬間はあったんだ。一九七二年、札幌五輪の時だった」

「前回もその話をしてたな。金、銀、銅を独占したんだろ」

「七十メートル級純ジャンプでな。今でいうノーマルヒルだ。笠谷幸生《かさやゆきお》の金メダルジャンプには本当に感動した。笠谷選手は九十メートル級でも金メダル獲得のチャンスがあったが、二回目のジャンプで突風に煽《あお》られ、それは叶わなかったんだ」

「すごい選手だったんだなあ」

「札幌五輪で日本が獲得したメダルは、結局その三個だけだった。だけどその三個がいかに重要であるかを思い知るのは、その次のインスブルック大会だ。全種目をひっくるめても六位入賞者がゼロという悲惨な成績に終わった。唯一期待されたジャンプも、前回に続いて出場した笠谷の七十メートル級十六位、九十メートル級十七位が最高という有様だ。日本中が失望した、というより、白けてしまった。せっかく札幌で五輪を開催しておきながら、我が国で冬季五輪の注目度が上がりきらなかったのは、このあたりに原因があると俺は見ている。誰だって、がっかりするような映像なんか見たくないもんなあ」

「どうしてジャンプもだめだったんだ？」

「一言でいうと世代交代の失敗だ。笠谷幸生は五輪に四回も出場した偉大な選手だけど、逆にいうとほかに選手がいなかったということになる。インスブルック大会に出た時の年齢は三十二歳。どう考えても峠を越えてるだろ。札幌でいい結果を出せたものだから、ジャンプ界は油断していたのかもしれない。とはいえ、日本ジャンプ陣がすぐに低迷したわけではなくて、その次のレークプラシッド大会では、八木弘和《やぎひろかず》選手が七十メートル級で銀メダルを獲っている。この時には秋元正博《あきもとまさひろ》選手も四位に入っているから、まあまあといっていい成績だった。だけど問題はこの後だ」

　おっさんは拳を固めるとテーブルをどんと叩いた。

「サラエボ大会では、後に鳥人と呼ばれるフィンランドのマッチ・ニッカネンと東ドイツの神童イエンス・バイスフロクが登場してくる。案の定、九十メートル級はニッカネンが、七十メートル級はバイスフロクが制するという結果だった。

で、日本はというと――」

そこまでしゃべったところでおっさんは沈黙した。

「日本はというと?」先を促してみた。

おっさんは力なく首を横に振った。

「だめだ。思い出せない。その時はたしか、結婚したばかりの友人の家でテレビを見ていたんだ。ジャンプ・マニアの俺が、みんなに解説していたのを覚えている。今度の大会はニッカネンとバイスフロクの一騎打ちだ、という感じでな。ところが日本選手のことは殆《ほとん》ど覚えていない。かすかに記憶にあるのは、一回目のジャンプを終えた時点で、入賞の可能性すらなくなっていたということだ。うーむ、思い出せん」

おっさんが苦悩しているので、僕はノートパソコンを取り出し、インターネットを使って調べてやることにした。するとサラエボの成績は次のようになっていた。

七十メートル級

長岡勝《ながおかまさる》（二十二位）松橋暁《まつはしさとる》（三十四位）嶋宏大《しまひろお》（四十五位）八木弘和（五十五位）

九十メートル級

八木弘和（十九位）松橋暁（二十位）長岡勝（四十三位）嶋宏大（五十一位）

「たしかにこんな感じだった」背後からパソコンを覗き込み、おっさんがいう。「レークプラシッドの銀メダリスト八木弘和選手でさえ、四年経つとこの成績なんだ。もう一人のエース格だった秋元選手が、交通事故を起こして出場を辞退していたのも日本にとっては痛かった。じつはこの時期、世界に通用するジャンパーといえば秋元選手ただ一人だったんだ」

「この頃が日本ジャンプ陣にとって一番悪い時期なのか」

「とんでもない。まだまだ底はあるぞ。その次のカルガリー大会の記録を調べてみろ」

おっさんにいわれ、調べてみた。次のようになっていた。

七十メートル級
佐藤晃《さとうあきら》（十一位）長岡勝（二十五位）田尾克史《たおかつし》（五十一位）田中信一《たなかしんいち》（五十二位）
九十メートル級
佐藤晃（三十三位）田中信一（四十七位）長岡勝（四十八位）田尾克史（五十二位）

うーむ、と僕は唸《うな》った。

「たしかにきっつい結果だな」

「それどころじゃない。じつはこの大会からジャンプ団体が正式種目になっているんだが、日本の成績は十一チーム中の十一位。つまりビリだった。トップのフィンランドに百六十点以上の差をつけられているのは仕方ないとしても、十位のアメリカにだって三十点近く離されるという、まさに屈辱的な最下位だった。フィンランドのマッチ・ニッカネンが個人の二冠と合わせて史上初の三冠に輝いたものだから、余計に惨めさが際だってしまった。この大会にはイギリスから、マイケル・エドワーズといって、大人になってからジャンプを始めたという靴職人のおじさんが出場したんだけど、エディという愛称で大人気になっていた。そのエディは個人戦では両方ともビリだったけど、楽しく飛ぶ姿勢がじつに輝いて見えた。成績が出ないことで悲壮感が漂う日本選手になんか、誰も見向きもしなかった」

「踏んだり蹴ったりだね」

「全くそうだ。で、当時の俺は憤慨した。もっとどうにかならんのか、しっかりしろ日本ジャンプ陣、と活を入れてやることにした」

「ただの物書きのおっさんが、どうやって活を入れるというんだ」

「物書きだから出来ることもあるだろ。俺はスキーのジャンプをテーマにした小説を書くことにした。天才的ジャンパーが出現して、日本ジャンプ界の期待を背負うが、何者かに殺されてしまうというストーリーだ。どうだ、面白そうだろ。『鳥人計画』というタイトルで、新潮社から出ている。今では角川文庫にもなってるから、知り合いに薦めておけ」

「他社の本の宣伝はまずいんじゃないか。この部分、担当者にカットされるかもしれんぞ」

「だめでもともとだ。とにかく俺はその本を書くに当たって、いろいろと取材をした。驚くなかれ、現在三十三歳にして依然として現役、日本人のワールドカップ最多優勝を誇る葛西紀明《かさいのりあき》を取材したこともあるのだぞ。当時彼は高校一年だった。工藤静香《くどうしずか》のファンだとかいってたな」

「おっ、その選手なら知っている。長野五輪の後、船木和喜《かずよし》のワールドカップ総合優勝がかかっていた試合で、びっくり大ジャンプをして優勝をかっさらい、結果的に船木の総合優勝を消してしまった選手だな」

「嫌なことを覚えているな。しかしまあ、そのとおりだ。あれはまあ俺も苦笑いだった。スポーツマンシップという観点から見れば、葛西選手のやったことには何の問題もないのだが……」

「長野五輪の団体メンバーに葛西選手は入っていなかったよな。だから意地を見せたんじゃないのか」

僕がいうとおっさんはぱちんと指を鳴らした。

「その点は俺も同感だ。ジャンプ・マニアの俺にいわせれば、葛西紀明という選手はその実力に比べて、オリンピックでの結果が悪すぎるんだ。で、それがそのまま日本ジャンプ界の実状を表しているといえなくもない。たとえば俺が葛西選手と初めて会った一九八八年の暮れ、札幌で行われたワールドカップに、スウェーデンからある選手がやってきた。後にジャンプ界の歴史を大きく変えることになる選手だ」

「そんなすごい選手がいたのか」

「ヤン・ボークレブ選手だ。それまで向かうところ敵なしだったマッチ・ニッカネンが、こと飛距離に関してはこの選手に勝てなくなっていた。その選手の特徴は、スキーの板を大きく横に広げる点にあった。そのスキーの形から、カニバサミなんていうニックネームがついていた」

「スキーを広げる？　それってもしや……」

「御存じ、V字ジャンプだ。板を広げれば飛距離が出ることは、大抵の選手なら経験的に知っていた。だけど飛型点が悪くなるから誰も進んではやらなかった。ボークレブは少々減点されても飛距離でカバーすればいいという逆転の発想で、この飛び方を押し通していたんだ。その結果、無敵のニッカネンをも脅《おびや》かす存在になった」

「ふうん、ほかの選手は真似しなかったのか」

「もちろん世界中のジャンプ関係者が注目した。日本も例外じゃない。当時、全日本のコーチだった小野学《おのまなぶ》さんにV字ジャンプについて尋ねてみたことがある。小野さんは二つの問題点を挙げておられた。一つは、誰がやっても飛距離が出るのかどうかが不確実ということ。もう一つはルールだ。飛型点の見直しがいつ、どのように行われるかによって、取り組み方も変わってくるということだった。アルベールビル大会まであと三年というところだったから、見極めが難しかったわけだ」

「で、どうなったんだ」

「大雑把な言い方をすれば、各自の判断に任せるということになった。間もなくルールの見直しが行われてV字が減点の対象になることはなくなったのだけど、だからといってV字飛型の選手ばかりが勝つわけじゃない。V字の理論はまだ確立されていなかったから、スキー板を開いたら誰でも飛距離が出るというわけでもなかったんだ。それまでどおりの板を平行にして飛ぶクラシカルスタイルの選手が勝つことも多かった。そのなかの一人が葛西選手だった。彼の飛型は世界でも芸術的と評されるほど美しいもので、実際好成績を収めていたから、V字に変える理由なんてなかったんだ。アルベールビルの前年まで、自分はクラシカルでいく、と断言していた」

「その言い方からすると、結果的には変えたのか」

僕の質問におっさんは渋い表情をした。

「どの競技でもいえることだけど、オリンピックの前シーズンの成績なんて、じつはあまりあてにならない。というのは、ほかの国の選手というのは、本番で好成績さえ収められれば、それまでの成績なんてどうでもいいと思っているからだ。葛西選手はじめクラシカルスタイルが得意の選手たちが好成績を収める中、密かに飛躍を狙っている選手たちは、目先の勝敗は度外視して、次々とV字に転向していった。それが一気に開花したのが、まさにオリンピックシーズンのワールドカップだった。それまであまりぱっとしなかった選手たちが、V字飛型でどんどん勝っていく。もはやクラシカルで勝つのは困難な状況に激変したというわけだ。そうなると葛西選手といえども対応を余儀なくされる。オリンピックを目前に控え、彼もV字に転向することになった。だけどそんな即席が通用するわけもなく、ノーマルヒルは三十一位、ラージヒルも二十六位という成績に終わった。この大会はまさにV字時代到来を象徴していて、フィンランドのトニ・ニエミネンが十六歳という若さでラージヒルの金メダリストになったのも、この飛型のおかげだった。フィンランドにはマッチ・ニッカネンというクラシカルスタイルの偉大なお手本がありながら、V字飛型に取り組んでいたわけだ。日本ももっと早く対応していたら、もう少し違う結果になっていたと思うね。とはいえ、誰もが出遅れていたわけではなく、日本にも早くからV字に挑戦していた選手はいた。その代表格が原田雅彦《まさひこ》選手だ。原田選手はラージヒルで四位に入り、日本ジャンプ界久々の入賞を果たしたんだ。原田選手のがんばりで、団体も四位と日本は大躍進した」

「待ってました」僕は手を叩いた。「原田雅彦。その名前がいつ出るんだろうと思っていたところだ」

「俺は原田選手とは二度会っている。一度目は『鳥人計画』の取材時だ。原田選手は高校を出たばかりで、雪印に入っていた。ヨーロッパ遠征から帰ったところで、ちょっと挨拶をした程度だ。はっきりいって当時の原田選手は目立った成績もなく、才能を伸ばしきれずにいた。一九九八年の秋、つまり長野五輪で日本中が熱狂した半年後、合宿中の原田選手にインタビューしたのが二度目の出会いだ。さすがに貫禄がついていた。その時に聞いたんだけど、彼が一足早くにV字に転向した理由は、クラシカルでは結果が出ないから、というごく単純なものだったらしい。成績が良ければ葛西選手のように迷っただろうけど、元々大した成績でもないから、それまでの技術に見切りをつけることなど少しも惜しくなかった、とね」

「そのヤケクソの転向が功を奏したんだね」

「ヤケクソというわけじゃなくて、元来がチャレンジ精神旺盛な人物なんだ。さて、話を葛西選手に戻そう。V字に転向した彼は、その技術を自分のものにするにつれ、成績もぐんぐん向上させていった。実際、二年後のリレハンメル五輪では、ノーマルヒルで五位に入っている。葛西選手だけでなく、ラージヒルで岡部《おかべ》孝信《たかのぶ》選手が四位に入ったりして、日本ジャンプ陣は完全に息を吹き返したといってよかった。さあこうなると期待の高まるのが団体戦だ。といっても有名な話だから、もったいをつけて説明しても仕方がないな。結果は二位だった。しかもただの二位じゃない。最終ジャンパーが飛ぶ直前まで、日本はダントツの一位だった。ところがその最終ジャンパーがとんでもない失敗ジャンプをしてしまったものだから、大逆転でドイツに金メダルを奪われてしまったんだ。で、その時の最終ジャンパーというのが――」

「原田雅彦選手。ジャンプの後、顔を両手で覆ってうずくまってたよね」

「あれは辛いシーンだった。今でも瞼《まぶた》に焼き付いて離れない」おっさんは目を閉じ、瞑想にふけるような顔をした。

「モナミちゃんに訊いてみようか。そのときのことを覚えてるかどうか」

おっさんは目を閉じ、少し迷った表情を見せてから首を振った。

「やめとこう。当時彼女は七歳のはずだ」

「長野五輪の記憶さえ曖昧なんだから、がっかりするだけかもしれないね」

おっさんは渋面を作ってから再び話し始めた。

「この出来事はリレハンメル五輪全種目の中でも、世界中から注目された。大会前までは、最も有名な日本人選手といえばノルディック複合の荻原健司《おぎわらけんじ》選手だったけど、大会終了時では、日本人といえばハラダだった。地元の新聞でも、『ハラキリ原田は成功しなかった』という具合に大きく取り上げられた」

「細かいことまでよく覚えてるなあ」

「俺にとっても特に印象深い事件だったからな。原田選手の失敗ジャンプについては諸説が乱れ飛んだ。中でも注目されたのが、ドイツのバイスフロクが、まだ結果の出ないうちから、『優勝おめでとう』と原田選手に握手を求めたという事実だった。プレッシャーを与えるための作戦だったのでは、というわけだ。もちろんバイスフロクは否定しているし、原田選手もそれは関係ないといっているがね」

「本当のところはどうだったんだろう」

「さあね。でも確実にいえることは、あの原田選手の失敗は、一般に思われているほど予想外の出来事ではないということだ。その理由は二つある。一つは、元来ジャンプとはそういうもの、つまり不確定要素の強いスポーツだということだ。札幌五輪の九十メートル級で笠谷選手が突風に煽られて失速したように、何が起きるのかわからないのがジャンプなんだ。で、もう一つが、当時の原田選手には、ああした傾向があったということだ。大ジャンプもするが、大失敗もやらかす、そういうタイプの選手だった。団体戦ばかりが記憶に残っているので、あまり触れられないけど、リレハンメル五輪個人戦での彼の成績を見ればよくわかる。ラージヒルの一本目では百二十二メートルも飛んで四位につけているのに、二本目は百一メートルと失速して二十一位、結局十三位に終わっている。ノーマルヒルにいたっては、一本目は九十二メートル飛んで十六位だが、二本目はなんと五十四・五メートルしか飛べずに五十六位で、トータル五十五位だ。俺なんかはそうした傾向に気づいていたから、団体戦で日本がトップに立っていても、少しも安心できなかった。原田選手の失敗ジャンプを見た時の感想も、『あー、やっぱりやっちゃったかあ』というものだった。後にジャンプ関係者に話を聞いてみたけど、やっぱり同じような印象だったらしい。結局のところ、日本ジャンプ陣は復活したとはいえ、まだ完全に本物にはなっていなかったということだ」

「それが本物になったのが長野五輪というわけかい？」

「そういうことだ。その象徴が船木和喜という新鋭選手が台頭してきたことだ。彼の登場で、エースだったはずの葛西選手が団体戦のメンバーから外れることになった。ずっと葛西選手を応援してきた身としては寂しかったが、そういうことがあってこそ初めて、国として強くなれるわけだから、喜んでその状況を受け入れることにした。もっともその葛西選手も、五輪後から調子を上げて、結果的に船木選手のワールドカップ総合優勝を阻止するのだから、全く皮肉な話だよ」

「おお、ようやく話が振り出しに戻ったな」

「戻ったのだから、その先に話を進めよう。長野五輪の活躍でわかるように、日本ジャンプ陣は世界をリードする立場になった。ところがその五輪直後、とんでもないルール変更が決定された。スキー板の長さが、『身長プラス八十センチまで』だったのが、『身長の百四十六パーセントまで』とされちゃったんだ。計算すればわかるけど、以前と同じ長さを使えるのは、百七十四センチ以上の身長がある選手で、それより低いと板を短くしなければならない。団体金のメンバーだった岡部孝信選手は、この変更のせいで、板の長さが中学時代に戻ってしまった」

「ひゃあ、そんなことってあるのか。なんでそんな変更をするんだよ」

「欧州勢の言い分は、『飛行機に喩《たと》えるなら、機体の大きさにかかわらず胴体と翼の比率を同じにしなければ不公平だ』ということらしいが、こんなものはこじつけだと俺は思っている。本音は、強くなりすぎた日本へのいやがらせだ。身体の小さい選手が多い日本は、殆どの選手が板を短くしなければならない。逆にノッポの多い欧州勢は板を長くできる。いうまでもないことだけど、板が長いほうがたくさん飛べる」

「なんだよ、それ。きたないなあ」

「そういうことはほかの競技でもある。ノルディック複合で荻原健司が勝ちまくっていた時も、ジャンプよりクロスカントリーの成績のほうが順位に大きく影響するようにルール変更された。荻原選手はジャンプで差をつけて逃げ切るスタイルだったからな」

「文句いえないのか」

「いったって仕方がない。所詮、日本は少数派だからな。ルールが変更された以上は、それに応じた技術を磨いていくほかない。ところがここでもまた日本は出遅れる。ルール変更がどう影響するだろうと様子を見ているうちに、案の定ドイツの長身選手が突然活躍を始めたりした。あわてて対策を練るが妙案が思いつかない。辛うじてやったことが、浮力を守るための減量だけど、そのせいで筋力まで落ちてしまうという有様だ。ソルトレーク五輪では、団体戦で五位にまで順位を下げてしまった」

「日本たたきのルール変更が効いちゃってるんだね」

「まあそうなんだろうけど、そのせいばかりとはいえない。というのは、ポーランドのアダム・マリシュ選手は、身長が百六十九センチしかないのに、何度も勝っている。技術があれば、まだいくらでも勝つ可能性はあるということだ。結局は日本は対応が遅れたの一言に尽きる」

「なんか、景気の悪い話ばかりだな。やる気がなくなってきたぞ」

「まあそう焦るな。はっきりいって日本ジャンプ陣は、長野五輪の後、またまた低迷期に入ってしまった。だけど悪いことばかりじゃない。二〇〇五年のシーズンから、また新たなルールが採用されることになったんだが、それは日本にとって決して不利ではないものなんだ」

「というと？」

「日本チームが減量に取り組んだ話をしたけど、欧州なんかでもそれはやっている。長身でやせ型だと、板は長いし浮力は失わなくて済むというメリットがあるからだ。でもそれだと選手の健康上の問題が出てくる。というわけで、基準値よりも痩せすぎている選手は、ペナルティとして板の長さをカットされることになったんだ。これによって勢力図がまた大きく描きかえられそうな気配だ」

「すると日本にもチャンスが？」

僕がいうと、おっさんは、うーんと唸ってしまった。

「なんだ、やっぱりだめなのか」

「結局、世代交代がどうもうまくいかんのだよなあ。伊東大貴《いとうだいき》といった新鋭もいるにはいるんだけど、二〇〇五年の世界選手権でも、期待をかけたのはやっぱり葛西紀明だったし」

僕は椅子から落ちそうになった。

「葛西紀明？　まだ代表でやってるのか」

「やってるどころか、いまだにエースだ」

「へええ」

「全く複雑だよ。彼にはがんばってもらいたいけど、彼がトリノに出られることの意味を考えると、スキージャンプという競技はこの国から消えるんじゃないかという気さえする」

僕はそれには答えず、忙しそうに働いているモナミちゃんを見つめた。彼女にこんな質問をぶつけたらどんな答えが返ってくるだろうかと考えた。

もし日本からスキーのジャンプ選手がいなくなったらどう思いますか?

もちろんそんな質問はできない。その答えは何となく予想がつくし、僕はともかく、おっさんには聞かせられないからだ。

3

「というわけで」おっさんは僕を見ていった。「出発するぞ」

「どこへ行くんだ」僕は訊いた。

「おまえ、今まで俺と何の話をしていたんだ。この局面で俺が出発するといったら、行き先は自ずとわかるだろうが」

「おい、まさか本気でスキージャンプをやれとかいうんじゃないだろうな」

「何をいっている。本気に決まってるじゃないか。さあぐずぐずするな」

おっさんは僕の首根っこを摑むと、ぐいぐいと引っ張った。

「痛い、痛い、こらおっさん離せ、いつまで僕をネコ扱いする気だ」

「それが嫌なら名ジャンパーになれ。金メダルを獲って、俺に恩返ししろ」

「だからおっさんに返す恩などないといってるだろうが」

もめながらも強引に車に乗せられてしまった。首都高を突っ走り、あっという間に中央自動車道に向かい始める。

どうやら長野方面に行くらしいと察した。長野五輪で使用されたジャンプ台が白馬《はくば》にあることぐらいは僕も知っている。

ところが車は中央自動車道には入らず、その手前の調布《ちょうふ》で高速を出てしまった。

「あれっ、どこへ行くんだ。長野に行くんじゃないのか」

「誰がそんなところに行くといった」

「でもジャンプ台のあるところじゃないとだめだろ」

するとおっさんはチッチッチと舌を鳴らし、人差し指をワイパーみたいに振った。

「これだから素人《しろうと》は困る。おまえなあ、いきなりジャンプ台に上がって飛べると思ってるのか。まずは練習が必要だろうが」

「それはそうだろうけど、こんなところで高速を出て、一体どこで練習するんだ」

「もちろん、ジャンプスポーツ少年団でだ。日本の有名ジャンパーは例外なくどこかのジャンプスポーツ少年団の出身者なんだ」

「なんだその少年探偵団みたいなのは」

「ジャンプスポーツ少年団だ。野球のリトルリーグみたいなものだ。最大は札幌ジャンプスポーツ少年団で、札幌五輪の翌年に発足した。金銀銅のメダル独占を果たした直後だったから、当時は入団希望者が殺到したそうだ。百二十人以上が在籍していたこともあったらしい。ほかには葛西紀明や岡部孝信がいた下川《しもかわ》ジャンプスポーツ少年団、秋田県の鹿角《かづの》なんかがある。さっきちょっと調べてみたけど、富山や岐阜にもあるらしい。ほかにも意外なところにあったりする」

「ふうん、少年ジャンパーを育成する体制は整っているというわけか」

「ところが肝心の団員がいない。札幌の少年団に百二十人以上いたこともあるといったが、今では二桁の団員を確保するのが困難になっている。十名以上いるのは札幌だけらしい。二人とか三人しかいないなんていうところも珍しくない」

「へええ。そんなんじゃ、団っていう言葉を使うのも妙な感じだな」

「全くそうだ。札幌五輪直後と同様に、長野五輪直後には入団希望者も増えたらしい。ところがあれから七年間も日本チームが低迷を続けたせいで、またしてもジャンプの人気が低下したというわけだ」

「やれやれ。ちょっと油断すると、すぐに人気が下がっちゃうんだなあ」

「好成績をあげないとマスコミが注目しないからな。昔は冬になるとジャンプの国内大会でもテレビ中継されてたんだ。だけど今じゃ、殆どやらなくなった。すっかり地味なスポーツになっちまった」

「地味な上に怖いんじゃ、そりゃ敬遠されるよ」そういって伸びをしてから、僕は車の外を見た。「少年団のことはわかったけど、僕の質問の答えになってないぞ。こんなところからどこの少年団に行くつもりだ。まさか高速料金をケチって、一般道を何百キロも走る気じゃないだろうな」

「心配するな。すぐそこだ」

おっさんがいった通り、間もなく車は止まった。ごくふつうの市街地だ。そばにでかい団地がある。でもジャンプ台はない。そりゃそうだ。

しばらくすると一人の小柄な少年が駆け寄ってきた。トレーニングウェア姿だ。おっさんが挨拶した。少年の名前は内藤智文《ないとうともふみ》君といった。小柄だが中学生らしい。

「こいつは居候の夢吉だよ」おっさんは僕のことをそう紹介した。「前はネコだったんだけど、事情があって今はこういう状態なんだ」

「へえ」智文君は不思議そうな顔をしたが、すぐに元の笑顔に戻った。「調布ジャンプスポーツ少年団へようこそ」

「えっ」僕は猫背が治りそうなほどのけぞった。「東京にジャンプ少年団が？・」

「だからいっただろ、意外なところにあるんだって」おっさんはにやりと笑った。

智文君に案内されたところは団地の集会室だった。智文君のお兄さんである和《かず》大《ひろ》君と彼等の御両親が迎えてくれた。

「そもそもは長野五輪でした」こう話すのは父親の内藤茂《しげる》さんだ。

「私はジャンプが好きでね、せっかく日本で冬季五輪が開かれるんだから、絶対にジャンプだけは見たいと思い、朝早くから並んでチケットを取ったんです」

「どうしてそんなにジャンプがお好きなんですか」おっさんが訊く。

「それはね、札幌五輪があったからなんです。笠谷、金野《こんの》、青地《あおち》の金銀銅独占、あれに感動しましてねえ。いやあとにかく、あの時の盛り上がりといったらすごかった」

あちゃー、またその話かよ。

「えっ、そうだったんですか。じつは僕もそうでして」案の定、おっさんの目が輝く。

「『鳥人計画』を読ませていただき、そうではないかと思いました。じつは私、東野さんと同い年なんです」

「あ、そうなんですか。いやあ、それは奇遇ですね。そうなんです。あの札幌五輪は本当に感動しましたものねえ」

この後、内藤さんとおっさんは札幌五輪話で延々と盛り上がる。世の中の若者たちに警告しておこう。昭和三十年代生まれの中年男の前で札幌五輪の話をしてはならない。

盛り上がりが一段落したところで、ようやく内藤さんの話が長野五輪に戻る。それによれば、家族で日本チームの優勝を目にしたのをきっかけに、当時小学三年生だった長男の和大君がジャンプをやってみたいと思うようになったのだという。で、まずは小、中学生のサマージャンプ大会を観戦に行ったところ、そこで知り合った少年に、三年生から始めても遅くないから、自分の住む北海道の下川町に来るよう誘われたらしい。

ふつうはそれで終わるものだが、この家族のすごいところは、本当に次の冬に下川町に行ってしまうところである。事前に内藤さんが下川町の教育委員会に手紙を出し、ジャンプを体験できるかどうかを問い合わせていたというのだから、本気度百パーセントだ。ちなみに内藤さんの職業は学校の先生。そうでないと教育委員会に手紙を出すなんていう発想は出てこないよなあ。

下川町でジャンプを体験した和大君と智文君は、その時に行われた大会にも急遽《きゅうきょ》参加している。その時の模様は地元のテレビ局でも取り上げられていて、僕たちはそのビデオを見せてもらった。当時幼稚園児だった智文君の飛ぶ姿はとてもかわいい。

その後も二人は一流のジャンパーを目指して練習を続けているというのだが……。

「でも東京では練習ができないでしょう」おっさんが僕も感じた疑問を口にした。

「もちろん苦労はしますけど、実際に飛ぶとなれば、休みを利用して新潟や長野に出かけて行きます。今はいろいろなところにジャンプ台があります。サマージャンプ台もたくさんあるので、飛ぶ練習がほかの少年団の子供たちより極端に少ないということはありません。ほかの少年団の合宿に参加させてもらったりもしていますしね。ただ、自宅での練習となれば、今もやっぱり試行錯誤の連続です」

「どういう練習をしているんですか。こいつにも出来ますか？」おっさんはそういって僕のほうを見た。

「うーん、どうかなあ。とにかく一度見てください」

僕たちは内藤さんの後についていった。集会室を出たすぐ隣の公園が練習場だという話だった。

建物の玄関から公園に向かう途中に、数メートルの緩やかなスロープがあった。その横には、底にキャスターをつけた板が置いてある。幅の広いスケートボードのようなものだ。

智文君が手本を見せてくれた。まずその板に乗り、ジャンプ選手がアプローチする時の姿勢をとるのだ。内藤さんがその背中を押すと、ボードはゆっくりと滑りだす。スロープの端には重ねたマットレスが置かれている。その手前にさしかかると智文君は勢いよくジャンプし、マットレスに身体を投げ出した。

「これ、私が作ったんです」ボードを手にし、内藤さんがいう。ちょっと自慢げだ。「マットレスなんかもすべてもらいものの廃品利用です」

「工夫すれば、高い器具を買う必要なんてありませんものねえ」おっさんが頷きながらいった。自分も廃品を利用して、スノーボードの練習器具なんかを作っているからだろう。はっきりいって、あまり技術向上に役立っているとは思えないが。

「今でこそ理解が得られて、近所の人にも協力してもらっていますが、以前は変な目で見られたものです。あの家族は公園で一体何をやっているんだろうって具合にね」

内藤さんの言葉に、そうだろうなあ、と僕は内心頷いた。

おっさんと内藤さんが話している間に、僕は兄弟に話しかけてみた。

「ねえ、ジャンプは楽しい？　怖くない？」

「最初は怖かったけど、今は気持ちいいってほうが大きいかな。うまく飛べたら嬉しいしね」和大君がいう。

「将来の夢とかは？」

「国体かな」

ちょっと照れながら和大君が答えたのが聞こえたらしく、内藤さんが驚いたようにこっちを見た。

「おい、本当か。国体を目指すのか」

「目指すよ。前からそういってるじゃないか」

「ふうん。まあ、いいけどな。それならがんばれよ」

内藤さんは、本気にはしないぞ、というポーズをとっているけど、その目はやっぱり嬉しそうだった。

今まで自分の板を持っていなかったという和大君だが、下川ジャンプ少年団から板が送られてきていた。なんと、長野五輪金メダルチームの一人、岡部孝信選手が使っていたものだという。

「これで飛ぶのが楽しみなんです」そういった和大君の目はきらきらしていた。

さて調布から戻った翌日のことである。おっさんに尻を蹴られて目が覚めた。

「いつまで寝てるんだ。さあ、練習だぞ」

「練習って何だよ。わっ、痛い痛い、首根っこを掴むなといってるだろ」

おっさんに連れていかれたところはマンションのすぐ外だ。そこから前の道路まで、長いスロープになっている。結構斜度があるし、おまけに曲がりくねっている。台車が置いてあるのを見て、いやな予感がした。

「さあ、これに乗れ」

「乗ってどうするんだ」

「なんでもいいから乗れ」

「ちょっと待て。まさかこのスロープを滑り降りろとかいうんじゃないだろうな」

「そのまさかだ。さっさと乗りやがれ」おっさんは再び僕の首根っこを掴んで台車に乗せると、いきなり台車を蹴飛ばした。

「わーっ」

「腰を落とせ、構えろ、アプローチ姿勢をとれ、前を見ろー」

おっさんが喚《わめ》いているが、それどころじゃない。暴走した台車はあちこちにぶつかりながら車道に向かっていく。僕はたまらず飛び降りた。

「あっ、馬鹿、踏み切るのはもっと先だ」

おっさんがそういった直後、台車は大きく跳ねて車道に飛び出した。通りかかったトラックが急ブレーキをかけた。台車は反対側の壁にぶつかってばらばらになった。

「こらあ、ぼけーっ。何やっとんじゃあ」トラックのおっちゃんが怒鳴っている。

おっさんがあわてて逃げるのを見て、僕も駆けだした。


「ジャンプはやめたほうがよさそうだな」部屋に戻ってからおっさんがいった。

「今から練習してたら、オリンピックに出られるのがいつになるかわからん。もっとすぐに出られそうなのを選ぼう」

「それにもっと安全なやつだ」僕はいった。「これじゃ、命がいくつあっても足りない」

僕は冬季五輪を特集している雑誌をぱらぱらとめくった。あるページで手を止めた。

「これはどうだ。これなら安全だし、簡単そうだ」

「なんだ」

「カーリング」

「げっ、あれか」おっさんは途端に顔を歪めた。「あれはやめよう」

「なんでだよ」そういってから、ぴんとくるものがあった。「ははあ、例の事故を引きずってるんだな」

「そういうわけじゃない」

「ははは。隠すな隠すな。わかってるって。ひどい目に遭ったもんなあ」

「引きずってないといってるだろ。しつこいな」

「じゃあ、僕がカーリングをしたっていいだろ。五輪を目指すのは僕なんだから、僕が決めて何が悪い」

「わかったよ。そのかわり、カーリング場にはおまえ一人で行け。俺は家で留守番をしている」

「逃げるのか」

「違う。仕事が忙しいだけだ。さあ、決まったんなら、さっさと支度をしろ。東京都カーリング協会には俺が話をつけておいてやる」

追い出されるようにして僕は家を出た。目指すところは神宮のスケート場である。そこでカーリングスクールが開かれているらしい。

おっさんがカーリングを敬遠しているのにはわけがある。何年か前にしゃれで挑戦して、大怪我をしているのだ。居合わせた人の話によれば、一人で勝手に氷の上で転んだらしい。帰ってきた時にはびっくりした。顔に包帯を巻いているし、鼻が異様に腫《は》れ上がっていたからだ。聞けば眉の上を二十五針縫ったらしい。おまけに前歯が根っこから折れ、鼻も曲がったというんだから半端じゃない。その三日後に映画『g@me.』の製作発表があったものだから最悪だ。おっさんは顔の縫い目をテープで隠していったけど、藤木直人《ふじきなおひと》さんや仲間由紀恵《なかまゆきえ》さんはびっくりしたに違いない。そのあたりの話は、エッセイ集『ちゃれんじ?』（実業之日本社）に載っているので、興味のある人は読んでみてください。

神宮のスケート場に行ってみると、すでにカーリング教室が始まっていた。東京都カーリング協会事務局長の倉本憲男《くらもとのりお》さんが僕を迎えてくれた。

「君が夢吉君か。話は聞いているよ。よろしく」

「その節は、おっさんが御迷惑をおかけいたしました」

「いやいや、迷惑ということはないよ」

早速、氷の上に立ってみる。片方の足にだけ、底がつるつるのスリッパみたいなものをつける。妙な感じだ。ストーンを滑らせる時には、しゃがんだ状態でもう一方の足で踏み切って、そのつるつるスリッパで滑りながら、ゆっくりストーンを離していくという感覚だ。見ていると簡単そうだが、実際にやってみるとなかなか難しい。大抵の場合はストーンを離した途端にバランスを崩してひっくり返ってしまう。ストーンに体重をかけてはいかんようだ。

「これをやっている時におっさんは怪我をしたんですか」

「いや、これの時じゃなくて、スウィーピングの練習をしている時だった」

「スウィーピング？」

「ブラシを使って氷の表面をこすることだよ」

「ああ、テレビで見たことがあります。競技中に掃除をしているのかなと思っていたんですが」

「じつは氷の上に細かい水滴を撒《ま》いてあるんだ。それが固まって、氷の表面に凹凸が出来る。それでストーンとの摩擦が少なくなって滑るわけだが、ブラシを使ってその凹凸の表面を溶かしてやれば、当然滑りやすくなる。曲がりを抑えることもできる。だからブラシの使いようでストーンのコースや速度を調節できるわけだ」

「なるほど掃除じゃなかったんですね。でもそれでどうして大怪我をするのかな」

「滑って、頭から落ちたようだね。今では初心者講習では、このスウィーピングはやらないようにしているよ」

スケート場では東京カーリングクラブの人たちが練習をしていた。それを見て、僕は倉本さんに訊いてみた。

「はっきりいって、カーリングをしている人がこんなにいるとは思わなかったんですけど、あの人たちはどうして始める気になったんでしょうかねえ」

「それはいろいろあると思うけど、長野五輪以降、入部者が増えたのは事実だね。君はどうして始めようと思ったんだい？」

「それは……正直いうと、これなら簡単にオリンピックに出られそうだと思って」

　すると倉本さんは大きく頷いた。

「だろうね。入部動機でも、それが圧倒的に多いよ。かくいう私だって、その一人だからね」

「えっ、そうなんですか」

「まだ日本では殆ど知られてなかった頃、仲間たちと始めたんだよ。これならオリンピックに出られるぞ、と思ってね。ところが勇んで登録をした時には、すでに選考は終わった後だった」倉本さんはそういって笑った。

　練習の後、クラブの人たちと話をしてみた。いろいろな人がいる。大学生やOL、女子高生までいた。

　聞いてみると、やっぱりみんな長野五輪を見て、「これなら自分にも出来そうだ」と思って始めたらしい。オリンピックに出られるかも、と夢見ている人も多い。

　東大生のA君は、クラブでも最も熱心な一人で、冬になればチームメイトと合宿をするんだという。休みのたびに車で長野まで出かけていき、思う存分練習するんだそうだ。悩みはやっぱり金銭的なことで、節約のために車中で寝ることもあるという。このあたり、スキーやスノーボードをしている若者たちと全く同じだ。

競技人口についてどう思っているか尋ねてみた。A君はこう答えた。

「全国で三千人ぐらいしかいないわけだから、一年か二年競技を続けていれば、大抵の人とは知り合いになれる。それはそれで楽しいけど、やっぱり少なすぎると思うね」

「でも少なければ、それだけオリンピックに出られる可能性も高くなるわけでしょ」

「それはそうだけど」横から意見をいったのはOLのB子さんだ。「人数が少ないから、あたしたちレベルでも、しょっちゅう五輪候補クラスの人たちと試合をすることがあるの。そうすると、実力の違いを肌で感じるのよね。競技人口が少ないからオリンピックに出やすいだろうと思って始めたんだけど、そんなに甘いものでもなかったわ」

「じゃあ、カーリングの競技人口がもっと増えてもいいんですか。増えるとそれだけ競争が激しくなるわけだけど」

僕が訊くと、全員が、「もちろん」と答えた。

女子高生のC子ちゃんはこんなことをいった。

「あたしはもっとカーリングが普及してほしいと思ってる。だってチームを組むには四人必要なんだけど、友達に声をかけても、『カーリング？　何、それ』っていう反応しか返ってこないんだもの」

話を聞いてみると、みんなすごくカーリングを愛しているし、競技そのものを楽しんでいるようだ。彼等を夢中にさせるカーリングの魅力って何なのだろう？

「チーム全員で知恵を絞って、作戦がまんまと図に当たった時は、本当に嬉しいですよ。それは個人競技では味わえないことじゃないかな」そう話すのはA君のチームメイトでもあるD君。ほかの人たちも頷いている。

「僕でも出来ますかね」

僕がいうと、「是非やろうよ」と全員がいってくれた。

ただし、問題が一つだけある。C子ちゃんがいっていたように、チーム結成には四人が必要なのだ。知り合いのネコ二匹に声をかけるとして、あと一人をどうするか。

やっぱりおっさんしかいないわけだけど、あいつを説得するのは難しそうだなあ。うーむ。

4

ぼやぼやしている間に、トリノ五輪が始まりそうである。おっさんもようやく、僕を今回の五輪に出すというアホみたいな夢は捨てたようだ。

「いや、まだ諦《あきら》めたわけじゃないぞ」おっさんが突然現れて仁王立ちした。「こうなったら現地に乗り込んで、何とか飛び入り参加させてもらおう」

僕はのけぞった。

「そんなこと、できるもんか」

「いや、映画『クール・ランニング』では、ジャマイカチームは自前のソリもないのにカルガリーに乗り込んで、そこから出場にこぎつけている」

「あれは映画じゃないか」

「だけど事実に基づいている。そういえばソリについてはまだ検討してなかったおっさんは腕組みをして僕を見下ろした。

「ボブスレーとかリュージュ、スケルトンだ。よし、おまえ、そのへんでチャレンジしてみろ」

例によっておっさんの思いつきで僕は飛行機に乗せられていた。着いたところはまたしても札幌である。ビジネスホテルにおっさんは入っていく。

「こんなところで何をする気だ」僕は訊いた。

「とりあえず競技について勉強するのが先決だ。専門家から話を聞いてみよう」

ホテルのロビーで体格のいい男性が待っていた。名刺には北海道ボブスレー・リュージュ連盟の名称が印刷されていた。役員さんらしい。

「こいつにソリをやらせたいんですが、できますかね」おっさんが僕を指《さ》していう。

役員さんが僕をじろじろ見てから頷いた。

「誰でも出来ます。ソリは安全で楽しいスポーツです」

「ええと、ボブスレーとリュージュがあるようですが。あとそれからスケルトンも新しく加わっていますね」

「新しく加わったのではなく、復活したのです。元々冬季種目に入っていました。

第二回と第五回の五輪では正式種目になっています。リュージュが正式種目にな
ったのは一九六四年の第九回インスブルック大会ですから、スケルトンのほうが
古いとさえいえます」
「へえー、そうだったんですか」おっさんは意外そうにいった。
僕も同様に驚いた。あんなにスリリングなスポーツがそんなに早く正式種目に
なっていたとは、昔の人は勇敢だったんだなあ。
「ボブスレーはどうなんですか」おっさんが訊く。
「五輪種目としての歴史は一番古く、第一回大会から正式種目になっています。
ただ、リュージュやスケルトンが子供たちの単純なソリ遊びから発展したのに比
べ、ボブスレーは最初からレースを前提に考案されたもので、歴史的背景には微
妙な違いがあります。連盟も、その昔は別々でしたが、どちらも規模が小さくな
ってしまったので、合体したというわけです」
「やっぱり競技人口が少ないんですね」
おっさんの質問に役員さんは顔をしかめた。
「本来ソリ遊びというのは手軽に気楽に出来るスポーツなんですがね、競技性が

高まると共に、間口の狭いスポーツになってしまいました。皮肉なものです」

「といいますと?」

「元々はボブスレーにしても、自然の地形を利用した競技だったわけです。ところが人工的なコースを滑らせるようになってから、全く違うものになってしまいました。たとえば雪面はがちがちに凍らせますから、雪というより殆ど氷です」

「氷上のF1っていいますもんねえ」

「単なる鋼鉄製だったソリも、強化プラスチックやカーボンを使用するのが常識です。形状も空気抵抗を抑えるために様々な工夫が凝らされるようになりました。一台で何百万もするようになってしまい、誰もが手軽に出来るスポーツとは到底いいがたい状況です。日本チームもワールドカップに参戦していますが、輸送費が高くつくので、欧州転戦用のソリはドイツに預けてあります。アメリカ大陸で試合がある場合には、現地チームのを借りたりしています」

「切実ですねえ」おっさんが唸り声をあげた。

僕は『クール・ランニング』を思い出した。ジャマイカチームはカルガリーに乗り込んでから、他国のお古のソリを譲ってもらっていた。

「設備の問題もあります」役員さんは眉を八時二十分にしていう。「とにかく練習場所がないんです。日本だけでなく、アジア全体を見渡しても、ボブスレーのコースは長野のスパイラルただ一つです。リュージュのコースは札幌にも残っていますが、とにかく死守せねばと思っています」

ひゃあ、そんな状況なのか。それじゃあ、競技人口を増やそうと思ってもなかなか難しいよなあ。

「ボブスレーはともかく、さっきもいいましたように、リュージュは元々楽しいソリ遊びだったんです。だから特別なコースとかは必要ない、自然な斜面を生かした競技を広めようと努力しているところです。マスコミの皆さんを対象にした大会も行われているので、是非参加してみてください」

「五輪に出るのも夢ではないんですよね」おっさんが確認する。

「もちろんです。競技人口が少ないんですから、他の競技よりも道のりは近いはずです」

一通り話を聞き終えたところでおっさんがコーヒー代を払いに行った。僕は役員さんにこっそりと尋ねてみることにした。

「あのう、いろいろな競技の人にボブスレーに挑戦してもらって、強い日本チームを作ろうとしたっていう話を聞いたことがあるんですけど」

「あるよ。陸上競技とかアメフトとかの選手が兼業で取り組んでくれるといいんだけどね」

「ハンマー投げの室伏《むろふし》選手にもトライしてもらったと聞きましたけど」

「ずいぶん前に一度ね。室伏選手の能力はピカイチだった。でも、何しろ今では本業の金メダリストだからねぇ」

「やっぱりボブスレーとかリュージュって、あんまり人気がないんですか」

僕が訊くと、役員さんはちょっと悲しそうな顔になった。

「知名度だろうねぇ。『クール・ランニング』が封切られた時には多少知名度も上がったんだけど、そこから何も展開できなかったからね。だから正直なところ、マスコミに期待しているんだよ」

「マスコミですか」

「たとえばキムタクが、ボブスレーとかリュージュに取り組むドラマか何かが作られると、ぐっと人気が増すと思うんだよね。彼がアイスホッケーをするドラマがあったでしょ？　あの影響でアイスホッケーを始めた人が激増したらしいからね」

「でもドラマが作られるには、まずストーリーが必要ですね」

「だからさあ、ヒガシノさんがそういう話を書いてくれるといいんだけどなあ」

「ははあ……」

本人にいっておきます、と僕は答えた。

役員さんと別れた後、僕はそのことをおっさんに伝えた。おっさんは渋い顔になった。

「ソリ小説ねえ。書いてもいいんだけど、ドラマ化以前に、本にしてくれる出版社がなさそうだな」

身も蓋もないことを。

「それはともかく、ソリ競技はやっぱり五輪出場への近道らしいから、一度体験しておこうぜ」おっさんは僕の首根っこを摑んだ。

「痛い、痛い。そこを摑むなといってるだろ。どこへ行くんだ」

「本物のコースを滑りたいところだけど、それは無理だから、疑似体験できるところに行くんだ」

タクシーに乗り、着いたところは大倉山《おおくらやま》ジャンプ台だ。その脇に札幌ウィンタースポーツミュージアムという建物があった。おっさんはそこへ入っていく。中には様々なウインタースポーツを疑似体験できる設備が揃っていた。ジャンプシミュレーターなんてのもあった。すでに断念したジャンプだが、せっかくだからやっておこうということになる。

特殊なゴーグルを頭につけると、目の前にバーチャルジャンプ台が現れる。観客の声援があり、実況アナウンスも聞こえる。おお、これはすごい、と思っていたらもうスタートだ。ものすごいスピードでカンテが近づき、かなり遅れて踏み切る。空中を飛んだ感覚があり、着地点が迫ってくる。最後は曲がりなりにもテレマークを決めてみた。

外に出てから結果発表を待っていたら、飛距離はなんとたったの七十メートルだった。ラージヒルだから、百メートルは飛べて当然なのだ。

「なんだ、その情けない飛距離は。やっぱりおまえにジャンプは無理だな」

「そんなことをいうおっさんだって、九十メートルちょっとじゃないか」

「俺はいいんだよ。五輪を目指すわけじゃないんだから」

ついでにクロスカントリーやバイアスロンのシミュレーターにも挑戦してみた。クロスカントリーは、どこかの小学生にも負けちゃうし、バイアスロンの射撃は全く当たらなかった。どれもこれも難しいもんである。

で、最後にボブスレーのシミュレーターに挑んでみた。前方に画面があって、実際に滑っているように景色がすっ飛んでいき、乗っているソリがそれに合わせて揺れるというものだ。

ちゃちな玩具だなと思ったが、実際にやってみるとなかなかの迫力だ。思わず途中で逃げ出した。

「こら、シミュレーターで逃げてどうするんだ」

「だめだ。僕には無理だ」

「どうして？」

「酔っちゃうんだ。ネコは乗り物に弱いんだ」

「なんだよ、それ、使えないやつだなあ。ソリもだめだとなったら、一体何をやるんだ」

「もういいよ。諦めよう。別にいいじゃないか、冬季五輪なんて。どうせ盛り上がってないしさ」

僕の一言で、おっさんの眉がつり上がった。

「盛り上がってない？　何をいう。新聞を読んでないのか。ニュースを見てないのか。トリノ一色じゃないか」

「えー、そうかなあ。耐震偽装とホリエモン関連ばっかりで、トリノなんてお愛想程度にしか報道されてないぞ」

「何をいう。安藤ミキティの顔をテレビで見ない日はないぞ」

「それはそうかもしれないけど、テレビ局としては五輪番組が視聴率を稼いでくれないと困るから、とりあえず派手に前宣伝をやっとけってことなんじゃないのかな。本音は、どうも今回の五輪はやばいなあ、とか考えてるんじゃないのか」

「なんだよ、やばいってどういうことだ」

「だからさあ」僕は周りを見回してから小声でいった。

「あんまりメダルは獲れないと思ってるんじゃないの？　だってアメリカのスポーツ情報誌の予想だと、日本のメダル獲得はスピードスケートの加藤《かとう》条治《じようじ》とフイギュアの荒川静香《あらかわしずか》だけで、しかもどっちも銅メダルらしいぜ」

僕の言葉におっさんは怒るかなと思ったが、痛いところをつかれたという顔になった。

「アメリカの予想はやっぱりそういうところか。さすがに妥当なところをついてきやがる」

「なんだ。おっさんの予想もそんなものなのか」

「俺はもうちょっと夢を持っている。スノーボードの女子ハーフパイプなんかも目があると思うんだ。あとそれからモーグルかな」

「そのへんで一つか二つ獲れたところで、全体としては五個にも届かないわけだろ。それで盛り上がれっていうほうが無理だよ」

「メダルだけがすべてじゃないだろ。勝てなくても感動を呼ぶのがスポーツだぞ」

「いやあ、そうかなあ。結局はメダルを獲れるかどうかだと思うな。たしかに勝てなくても感動は呼べるよ。でもそれは、注目しているという前提があればこそだ。関心がなくて、見てもいない競技じゃあ、どれだけドラマチックな事件が起きようが、日本人は感動しないよ。ていうか、知らないんだからどうしようもない」

「依然として日本人はトリノ五輪に関心がないというんだな」

「少なくともおっさんが期待しているほど、日本人は注目してないよ。僕の知り合いのネコたちに聞いてみても、盛り上がっているという話は全然聞かない」

うーむ、と呻《うめ》いてからおっさんはパソコンを取り出した。

「何をする気だい？」

「トリノ五輪への注目度を調べているんだ。おっ、あったぞ」

パソコン画面を見ているおっさんの顔が、みるみるうちに曇っていった。

「さえない結果みたいだね」

「あるネットリサーチの会社が調査している。それによればトリノに注目しているという人は、全体の七十％らしい」

「七十？　意外と多いね」

「いや、そのうちの五十二％は、『やや注目している』というだけだ。『非常に注目している』という人は十八％しかいない。年代別で見ると、十代・五十九％、二十代・六十七％、三十から四十代・七十三％、五十代・七十五％と、年代が上がるにつれて注目度が上がっている。逆にいうと、若い世代ほど関心がないということだ。結局、札幌五輪や長野五輪の思い出が影響しているんだろうなあ。十代じゃあ、もう長野五輪のことも覚えてないだろうし」

「サッカーのワールドカップで同様の調査をしたらどうなるだろうね。たぶん全然違う結果が出てくると思うよ」

「サッカー界における日本のレベルなんて、予選リーグを通過できるかどうかっていうものなのになあ。それでも日本中が注目するんだもんなあ」

「それだけ広く知られて、愛されているスポーツだということだよ」

「そうなんだろうなあ。これまでに取材してきた結果を総合すると、とにかく冬季スポーツは競技の知名度が低い。恐ろしく低い。カーリングはルールを知られていない。ボブスレーやリュージュは一般の人が目にする機会がない。バイアスロンにいたっては、どういう競技か知っている人が殆どいない。冬季五輪には、そういう種目が多すぎるんだな。さっきのネットリサーチの会社が調査したところ、一般の人が注目している競技は一位・フィギュアスケート、二位・スキージヤンプ、三位・スピードスケートらしい。まあたしかに、このあたりはわかりやすいもんなあ」そういってからおっさんは何かに気づいたように目を見開いた。

「おい、すごい肝心な種目を忘れてないか」

「何だ？」

「スキーのアルペンだ。あれは冬季五輪の花だぞ。あれは注目されてないのか」

さあ、と僕は首を捻った。

「アルペンスキーのことなんて、考えたこともないよ」

「何をいう。現在執筆中の『フェイク』は、アルペンスキーヤーを主人公にしているんだ。考えなくてどうする。よし、知り合いに片っ端から当たって、アルペン種目への注目度を調べてみよう」

おっさんはその場でメールを打ち始めた。その内容は以下のようなものだ。

『トリノ五輪に関する緊急調査です。アルペンスキーについて思うことを、どんなことでもいいから書いてください。トリノ五輪に期待することでも結構です。』

「さあ、これでどういう結果が出るかだな」

おっさんはパソコンの前で腕組みした。

東京に帰った時には、返事が続々と着いていた。おっさんはそれらに目を通していく。だが、みるみる凹《へこ》んでいくのが傍目《はため》にも明らかだった。

「芳《かんば》しくない結果のようだね」僕は横からいった。

おっさんはがっくりと項垂《うなだ》れた。

「想像……いや、覚悟した以上というべきか」

「どんな感じだい？」

「そもそも、アルペンスキーがどういうものなのかを正確に把握している人間が殆どいない。もちろん、旗の間を滑って、そのタイムを競うというぐらいのことはわかっているらしい。ところが種目の意味がわからないという意見がじつに多い」

「種目の意味？」

「スラローム、大回転、スーパー大回転、ダウンヒル、複合とあるんだけど、それぞれの違いがよくわからんらしい。スラロームとダウンヒルは見てればわかるけど、その間の二競技は、ほかとの違いがはっきりしないというわけだ。たしかにスーパー大回転のコースの中には、ダウンヒルといってもおかしくないようなのがあったりするからなあ」

「あっ、それは僕も感じたことがある。だいたい、スキーをやったことのない人間にとっては、コース形状の違いにどれほどの意味があるかわかんないから、どうしてあんなにいくつもレースがあるのか、今ひとつ理解できない。スキーの強い国がたくさんメダルを獲れるように、レース数を増やしてあるだけじゃないかって気さえする」

「そういう意見もある」

「夏季大会の陸上競技なんかだと、そういう疑問はわかないんだよ。百メートル走と二百メートル走が違うってことは、誰にでもわかるからね」

「陸上競技と比較した意見も寄せられているよ。冬季五輪の種目は、タイムを競うばっかりで、人間対人間の臭いがしないものが多い――」

「臭い？」

「陸上競技だって、タイムは競っている。でも結局は運動会の徒競走と同じだ。みんなでヨーイドンと走って、最初にゴールインした者が勝ち。タイムはその後だ。ところが冬季種目というのは、スキーにしろスケートにしろ、各選手がばらばらに走ってタイムを計り、それを比較して優勝者を決めるというやり方が殆どだ。これだと盛り上がりにかけるという意見がある。いざ決戦という緊迫感がないというんだ。うーむ、いわれてみればそうかもしれないなあ」

「たしかに人間対人間というより、敵は時計という感じだね」

おっさんはパソコンの前で大きく伸びをした。

「結局のところスキーやスケートにしても、一般の人には馴染《なじ》みのないスポーツということか。ルールやシステムにしても、別にどうってことないと思うんだけど、それでもそういう人たちにはわかりにくい競技で、何を競っているのかも不明というわけか。それじゃあ、関心を持てというほうが無理だよなあ。見せ方を工夫しても、人気のない競技はどうやっても無理なんだよ。夏の大会でのアーチエリーなんて、テレビ向けにルールまでがらりと変えて、対戦型の競技にしたのに、観客の入りはさっぱりだったというもんなあ」

「それでもアーチエリーは山本《やまもと》先生のがんばりで銀メダルを獲ったから、日本では注目されたほうだと思うよ」

「メダルを獲れない冬季競技じゃ、何も期待できないか」

「急に諦めムードだね」

「諦めたわけじゃないが……」

おっさんはテレビをつけた。トリノ五輪の開会式が始まろうとしている。アナウンサーの声は弾んでいる。まるで世紀の祭典が開かれようとしているかのようだ。でも彼の声をお茶の間の人々はどんな思いで聞いているんだろう。

「とりあえず行ってみるか、トリノに……」おっさんがぽつりと呟いた。

5

二〇〇六年二月十八日の早朝、おっさんが酔っぱらって帰ってきた。昨夜は何かのパーティだったはずだ。おっさんが小説で賞をもらったらしいのだが、詳しいことは知らない。とにかくそれの授賞式という話だった。

帰ってくるなりおっさんは水をがぶ飲みし始めた。僕を見て、大きなげっぷをした。あまりの酒臭さに僕はぴょんと後ろに飛び退いた。

「くせえなあ」僕は鼻をつまんだ。「ずいぶんと遅いご帰館じゃないか。今日がどういう日かわかってるのか」

「わかってるよ。準備だってしてあるだろ」おっさんは玄関に視線を投げる。そこにはスーツケースとリュックサックが置いてある。

「間に合うのか」

「大丈夫だ。七時半に迎えが来る」

時計を見ると、あと一時間もなかった。

「あー、それにしても楽しかった」おっさんはソファで伸びて、気味悪く笑った。

「みんなに祝福されて褒めてもらって、じつにいい気分だった。解散するのが惜しかった。くそー、こんな予定でなかったら、もっと騒げたのに」

それを聞き、こんな予定でよかったと心の底から思った。たぶん付き合わされていた編集者たちも同様の感想に違いない。ほうっておけば二、三日は宴会を続けそうだ。

「さっさとシャワーを浴びてこい。間に合わなくなるぞ」

「うるさいな。わかってるよ」おっさんはのろのろと動き始めた。「ちぇっ、どうしてこんなタイミングで出張なんだよ。光文社も気がきかねえなあ。めんどくせえなあ。行きたくねえなあ。もっとみんなと騒いでいたかったよお」

「何をぐだぐだいっている。さっさとしろっ」僕はおっさんの尻に跳び蹴りをくらわした。

僕たちがこれから行こうとしている場所はイタリアのトリノだ。いうまでもないことだが、現在冬季五輪が開催されている。ウインタースポーツ好きのおっさんとしては、日本人にとって冬季五輪とは何かがやたらと気になるようで、今回、それをつきとめるために現地入りを計画したというわけだ。ところが出発日が、先述した文学賞の授賞式の翌日となってしまい、ここ数日はすっかりやる気をなくしている気配だった。

まあしかし、おっさんの気勢が上がらなくなってしまった理由はそれだけではない。二月の十一日から始まったトリノ五輪だけど、一週間が経つというのに、日本にとっての朗報がまだひとつもない。金メダルの大本命といわれていた加藤条治はプレッシャーにつぶされたし、複数のメダルが期待されていた男子ハーフパイプにいたっては、全員予選落ちという惨敗ぶりだ。モーグルの上村愛子《うえむらあいこ》はがんばったけど、なんかよくわかんない採点基準のせいでメダルには届かなかったし、スピードスケート女子追い抜きはせっかく準々決勝で相手が転んでくれたというのに、三位四位決定戦で今度は日本が転んじゃうし、ついでに女子ハーフパイプの今井《いまい》メロも転んじゃうし、とにかくここまで何ひとついいことがないのだ。

今回の日本が苦戦しそうなことは、おっさんも予言していた。でもここまでひどいとは思わなかったんじゃないだろうか。それで出発間際になっても、テンションが上がらないでいるのに違いない。

それでもシャワーから出てきたおっさんは、幾分すっきりした顔つきになっていた。その顔で僕を見て目を丸くした。

「なんだおまえ、その格好は」

「何が？」

「何がじゃない。何を着ているのかと訊いているんだ」

「防寒服だよ。そこの段ボール箱に入ってた」

「それは直木賞のお祝いにもらったものだぞ。おまえが着てどうする」

「だって、トリノは寒いんだろ」

「寒いとも。だからそういう服を扱っている人が、プレゼントしてくださったんだ。さっさと脱げ」

「じゃあ、僕は何を着ればいいんだ」

「おまえ、本来はネコだろ。毛皮があるじゃないか」

「今はないから困ってるんだ。それに本来ネコは寒さに弱いと相場が決まっている」

「うるさいやつだな。スノボーウェアを貸してやるから、それでも着てろ」

「あの小汚いウェアをか」

「いやなら着るな」

そんなことをいっているうちに、ピンポーンとインターホンが鳴った。迎えが来たらしい。仕方なく、僕は小汚いウェアを羽織ることにした。

マンションの玄関では、黒っぽい服装をした人物が立っていた。おっさんの担当編集者で、名字を黒衣《くろこ》といった。いかにも裏方に徹しそうな名前だ。

「あなたが有名な夢吉君ですか。どうぞよろしく」腰が低くて、なかなか礼儀正しい。

「以前に話したと思うけど、こいつは本来ネコなんだ。それでパスポートとかはないんだけど、大丈夫かな」

おっさんがでたらめなことをいったが、黒衣君は大きく頷いた。

「ネコにパスポートが必要だという話は聞いたことがありません。それに現実的にはありえない話で、小説だから大丈夫でしょう」

「だよなあ」

「はい、平気です。それでいきましょう」

簡単に話がついてしまった。何というい加減な連中だろう。きっといつもこういう調子で、「小説だから平気でしょう」なんてことをいってるに違いない。

安心したせいか、おっさんはぐーぐーといびきをかき始めた。

「お疲れなんでしょう。無理ないですよ」黒衣君がいう。

「すみませんねえ。きっと旅行中にも面倒をかけると思いますよ」

「ははは、大丈夫です。どーんと任せてください」

頼もしく自分の胸を叩いた黒衣君だが、その五分後には居眠りを始めていた。彼も昨夜の宴会に参加したくちらしい。

成田に着き、あわただしく搭乗手続き。その後、おっさんは本屋に行き、二冊の文庫本を買った。宮部《みやべ》みゆきさんの『蒲生邸事件《がもうていじけん》』と奥田英朗《おくだひでお》さんの『最悪』だ。おいおい。

「なんで今さらその二冊なんだ」僕は訊いた。

「何しろ十二時間以上も乗っているわけだからな、これぐらい分厚い本を用意しておかなきゃ不安だ」

おっさんは僕の質問の真意をわかっていないらしい。二人とも付き合いの長い作家さんで、これまでに読んでなかったことがおかしいといっているのだ。特に奥田さんにいたっては、しょっちゅう飲み屋で会ってるじゃないか。代表作も読まずに、これまでよく平気でいられたもんだ。

腹が減ったとかいって、おっさんはレストランでチャーシュー麺を食い始めた。黒衣君もコーヒーを飲んでくつろいでいる。飛行機の出発時刻は十時半だ。で、今が十時。こんなにのんびりしてていいものなのか。

「そろそろ行ったほうがいいんじゃないのか」僕はいってみた。

黒衣君が時計を見て頷く。

「そうですね。そろそろ行きましょうか」

二人はのんびりと出発口に向かった。僕も後からついていく。ところがそこには長い列が出来ていた。若者の姿が目につく。大学生なんかは早くも春休みに入っているのかもしれない。

ようやく手荷物検査まで辿《たど》り着いたが、ここでおっさんのリュックが引っかかった。女性の検査官が険しい顔つきで、開けてくれ、といった。おっさんは舌打ちした。

「大したものは入ってないはずだよ。こういう無関係なところでいちいちチェックをしているから、入り口が混み合うわけで――」

ぶつぶつ文句をいうおっさんに女性検査官は、厳しい顔のままいった。「ナイフです」

「えっ？」

「ナイフが入っています」

おっさんは顔色を変えてリュックのポケットを探り始めた。するとたしかに折りたたみ式のナイフが出てきた。

「しまった。沢登りで使ったナイフだ。まずいなあ、友達から貰ったものなのに……」

おっさんは嘆いたが、もはや手遅れだ。ナイフは没収されてしまった。そりゃあそうだ。鋏《はさみ》やカミソリでもだめなのだ。ばりばりの凶器が認められるわけがない。

意外なところで時間を食い、税関を抜けた時には十時二十分になっていた。ルフトハンザの看板を持った女性が焦った顔できょろきょろしていた。

「急いでください。まだ搭乗していないのはお客様方だけです。走ってください」

うへぇ、とばかりに僕たちは駆けだした。

ボーディング・ブリッジをどたどたと駆け抜け、飛行機になだれこんだ。ルフトハンザの四十歳過ぎと思われる日本人スチュワーデスが待ち受けていた。おっさんがチケットを見せると、彼女は席まで案内してくれた。

やれやれ間に合った、と思った時だ。あのう、とスチュワーデスさんが遠慮がちに口を開いた。「このたびはおめでとうございます」

えっ、とおっさんは戸惑った顔をする。

「直木賞です。本当によかったですね」

あっどうも、とおっさんは頭を下げた。冷や汗をかいている。

席についてから、おっさんはふっふっふと薄気味悪く笑い始めた。

「こんなところにまで名前が知れ渡っているとはな。俺も有名になったもんだ」

「悦に入ってる場合じゃないぞ。つまりあのスチュワーデスさんは、遅刻している乗客の一人がおっさんだと知っていたわけだ。これからは今までみたいにいい加減な生き方は出来ないということだぞ」

「俺の生き方のどこがいい加減だ。いいがかりをつけるな」

おっさんは無自覚にそういうと、まだ飛行機が離陸してもいないのに、ぐーぐーといびきをかき始めた。見るとシートベルトもつけていない。これでどうしていい加減でないといいきれるのか。

おっさんは約三時間眠り続けた。その間に機内食も配られたのだが、一度も目を覚まさなかった。何度か先程のスチュワーデスさんが何か用がある感じで様子を見に来たが、おっさんがだらしない顔で爆睡しているのを見ると、諦めたように戻っていくのだった。

目を覚ましたおっさんは大欠伸《おおあくび》をしてから顔をこすった。

「よく寝た。やっぱりビジネスクラスはいいもんだ」

「黒衣君に感謝しないとね」彼はエコノミーである。

「いいんだよ。取材旅行という名目で、会社の金でオリンピックを見られるんだ。

こっちが感謝されてもいいぐらいだ」

「そんな傲慢なことをいってると嫌われるぞ。それに今回のオリンピックは、見られたからといって、さほど得だとは感じられないんじゃないの」

「メダルが獲れてないからか」

「そうだけど」

「うむ」おっさんは難しい顔をした。「俺たちが行く前に、ひとつぐらいは獲れてるんじゃないかと思ったんだが、甘かったなあ。スピードスケートが誤算だった」

「ハーフパイプは？」

「今井メロにはちょっとがっかりした。でも男子のほうはあんなもんだ。絶対にメダルなんか無理だと思っていた」

「えっ、そうなのかい」

「ショーン・ホワイトをはじめとするアメリカ勢が出場するとわかった時から、日本のメダルはないとわかった。だって連中はプロだぜ。Xゲームとかで活躍しているのを、俺なんかはしょっちゅうテレビで見てる。バスケでいえばＮＢＡみたいなものだ。それが出てくるとなれば、アマチュアの日本選手じゃ歯が立たないよ。全日本スキー連盟のスノーボード部長が、どういう根拠から、アメリカ勢より日本選手のほうが力があるとコメントしたのか理解に苦しむ」

「ジャンプの原田雅彦にもびっくりさせられたね」

「びっくりした。何かやらかしそうな気はしていたが、まさか失格とはなあ。しかも二百グラムの体重不足。牛乳一本だぜ」

「スキージャンプはルール変更が頻繁で複雑すぎるから、今度のようなことが起きるんだっていう説があるけど、そのへんはどうなの?」

「実際、頻繁だし複雑だよ。技術や素材などが年々改良されていくから、ルールもそれに応じていかなきゃならない。当然のことだ。原田選手が引っかかったのは、このところ過熱化しつつあったジャンプ選手の過剰なダイエットを防止するのが目的で作られたルールだ。不当なものではないし、数字の把握がそれほど難しいものでもない。うっかりミスとしかいいようがない。弁護してやりたいけど、どう考えても本人が悪い」

身も蓋もない言い方だなあ。面識がないわけでもないのに。まあ、だからこそおっさんとしては、今度の五輪で原田雅彦選手がどんなジャンプを見せてくれるか、心の底から楽しみにしていたんだろうなあ。

「まあとにかく」おっさんは拳を固めた。「この俺が乗り込むからには何か起きるはずだ。俺の運をおすそわけしてやる」

息巻いているが、それほど強運でもないじゃないか。ひとつの賞を獲るのに六回も候補になったくせに。

おっさんが起きていることに気づいたらしく、先刻のスチュワーデスさんが現れた。おっさんのサインがほしいらしい。最近、よく見かける光景だが、僕には不思議でならない。なんでこんなおっさんのサインなんかほしいんだろ。かなり下手な字だぞ。

おっさんが三枚の絵はがきにサインをすると、スチュワーデスさんは大層喜んでくれた。ふーむ、全くその気持ちがわからない。

ようやくフランクフルトに着いた。フランクフルト空港はアホほど広い。動く歩道を何本乗っても目的の搭乗口に行き着かない。乗っても乗っても、まだ先だという表示がある。

ようやく搭乗口に到着。乗り継いだ飛行機は、めっちゃ小さい。

その小さい飛行機に乗ること一時間、ついにトリノ空港に到着した。

「迎えのタクシーが来ているはずです」黒衣君がいう。

空港のロビーに出て行くと、無精髭《ぶしょうひげ》をはやした丸い顔で丸い体型の男性が近寄ってきた。どうやら彼がタクシー運転手らしい。下手くそだが英語も出来るようだ。パウロと彼は名乗った。

「とうとう来ちゃったなあ。もう海外旅行をすることなんてないと思ってたんだけど」おっさんがタクシーの窓から外を眺めて呟いた。

おっさんは昔、結婚していた。その頃は頻繁に海外旅行をしていた。奥さんが旅行好きだったからだ。奥さんは英語がぺらぺらだった。おっさんはまるでだめだ。そのコンプレックスが海外旅行アレルギーとなったことを僕は知っている。この旅行でアレルギーが改善されればいいなあ。

車はアスティという街に入った。そこにあるホテル・サレーラが僕たちの宿だった。こぢんまりとしたホテルだ。いい感じに古びてもいる。

チェックインの後、ホテル内にあるレストランに入った。これまたこぢんまりとしている。小柄なウェイターが注文をとりにきた。でも彼は英語が全くわからなかった。イタリア語でぺーらぺらぺらと一方的にまくしたてた後、英語表記のメニューを出してきた。

英会話はまるでだめだが、英文となれば安心するおっさん、じっくりとメニューを読んだ後、タコとジャガイモのサラダ、ラビオリ、ヒレステーキを注文する。いずれもおっさんが日本のイタリア料理店でよく注文する料理だ。こういうところで安全策しかとれないところが小者である。

まあそういう僕も、おっさんと同じものを注文しちゃったわけだけど。

一方の黒衣君、英語の通じないウェイター相手に、ボディランゲージで何かを注文している。何を頼んだの、と訊いてみた。

「マグロです」彼は答えた。「魚を食べたくて」

英語の通じないウェイター、お勧めの赤ワインを持ってきた。おっさん、一口飲んで大きく頷く。

「いいねえ、適度にコクがあって、適度に甘みもある。これからイタリアワインを毎日飲めると思うと幸せだ」

絶対にワインの味なんかわかってないと思うが、後半の台詞《せりふ》は本音だろう。ワイン好きだからな。

料理が運ばれてきた。おっさん、いちいち舌鼓を打つ。講釈がうるさい。

マグロを注文したはずの黒衣君の前に、どう見ても肉料理としか思えない皿が運ばれてきた。黒衣君、首を捻りながら食べる。

「それ、魚かい？」おっさんが訊いた。

「さあ」黒衣君も首を傾げている。「見た目は違いますね」

「食べた感じはどう？」

「魚の味はしません」

「肉料理に見えるんだけど」

「肉ですね。しかもかなり――」黒衣君は憂鬱そうな顔で呟いた。「かなり、しつこい味です」

食事を終えた時には黒衣君はちょっとどんよりとした表情になっていた。イタリア語が出来ないとこれからも苦労するかもしれないと思った。

部屋に戻り、おっさんはイタリア語会話の本を読み始めた。もちろん長続きするはずもなく、間もなく就寝。僕も眠ることにした。

翌十九日。今日は記念すべき五輪初観戦の日だ。種目はカーリング。おっさんのトラウマになっている競技だ。

アスティ観光局のマヌエラさんという女性がホテルにやってきて、今後のスケジュールについていろいろと説明してくれた。彼女は少しだけ日本語が出来る。だけど時々わからないこともあって、そんな時には、「日本語、ヘタでゴメンナサイ」と謝ってくれる。いやあ、通訳ぐらい用意しないこっちが悪いんじゃないかなあ。

マヌエラさんに車で駅まで送ってもらう。イタリア国内の電車を使えるパスを用意してあったので、僕たちはそれを手にホームへ。

間もなく電車がやってきた。ほぼ時刻表通りだが、そういうことはめったにないらしい。十分や十五分は平気で遅れる。三十分以上遅れるなんてこともざらだという話だった。

ステップを上がって乗り込むのが、いかにも外国の列車という感じでムードがある。寝台車みたいに部屋が並んでいて、その中には三人がけのシートが向かい合わせに配置してあった。そこの座席を確保するには予約が必要らしい。部屋の入り口に張り紙がしてあって、どの駅からどの駅まで予約済みかが表示してあるらしい。でもそれを見れば、予約者が乗ってこない区間もわかるわけで、厚かましい乗客たちはその間をちゃっかりと拝借しているようだ。

僕たちは通路にいるしかない。でも壁に折りたたみ式の補助椅子が取り付けられているので、とりあえず座ることはできた。

トリノ・リンゴットという駅で降りる。フィアットの工場があったところだ。駅のホームから周囲を見渡すと、周りは空き地だらけで、何となく閑散としている。そんな中、すぐそばに巨大なスケート場があった。スピードスケートの試合会場だ。

「こんなところにスケート場なんか作って、今後使うことなんてあるのかな」おっさんが呟く。

「どうなんでしょうかねえ。冬季五輪のために作った施設が、その後殆ど使われなくて、維持費ばっかりかさむから結局取り壊される

というのは、どこの開催地でもあることですからね。長野五輪のエムウェーブも風前の灯火《ともしび》だと聞いたことがあります」黒衣君が冷静な分析を交えつつ解説した。

ところでカーリングの会場があるピネロロ・オリンピカ駅へは、ここからさらに電車を乗り継がねばならないらしい。その電車は新しくて中も広いが、線路がやけに貧相だった。単線なので各駅停車だ。乗降客が殆どいないにもかかわらず、小さな駅も律儀に止まっていく。

で、ピネロロ・オリンピカ駅だが、はっきりいって臨時駅丸出しだった。何しろ公衆トイレさえもないのだ。すぐ目の前にあるカーリング会場へ行くのに、やけに遠回りをさせられたりもする。専用の通路が間に合わなかったのだろう。

「この駅、オリンピックが終わったら絶対につぶされるぞ」おっさんが憎々しい口調でいった。

カーリング会場の入り口に行ってみると、何やら物々しい雰囲気だ。チケットの確認だけでなく、入場客の持ち物まで検査している様子なのだ。空港の手荷物検査の時みたいに、金属探知のゲートまで用意されている。

「なんだ、ずいぶんと厳しいな」おっさんがいう。

「テロを警戒しているんでしょう。ムハンマドの風刺漫画をデンマーク紙が掲載した件で、五輪中にテロの起きる恐れがあるとイタリア内相が述べたそうです」

すかさず黒衣君が説明した。

おっさんは顔を歪《ゆが》めた。

「オリンピックとテロか。本来は全然違う世界の出来事のはずなのに、その二つはなぜか昔から密接な結びつきがあるんだよなあ。そういえばスピルバーグも『ミュンヘン』という映画を作ったみたいだし」

「政治とスポーツは切り離してもらいたいですよね。でないと選手がかわいそうです」

「観戦する者だってかわいそうだ」

手荷物検査を無事に終え、ようやく会場入りする。だが競技場に入る前に、おっさんはすぐ手前に臨時のレストランが設営されているのを見つけた。まずは腹ごしらえだ、とかいいながら入っていく。

ピザとビールで簡単な食事をしていると、どこかの国の応援団と思われる集団が入ってきた。どこの国の連中かはすぐにわかった。「USA! USA!」と騒ぎ始めたからだ。

「午前中の男子の試合が終わったようですね」黒衣君がいった。「あの様子から察すると、どうやら勝ったみたいです」

「相手はどこだったのかな」

「イギリスのようです。強い相手ですから、勝てたのはたしかに大きいです」

「それにしても騒ぎすぎだろう。何様のつもりなんだ。ここは公共の場だぞ。連中に社会常識を教える人間はいないのか」

日本語だと何をいってもわからないだろうということで、おっさんと黒衣君は遠慮なくアメリカ人の悪口をいい始めた。

「アメリカ人に腹を立てているのはわかったけどさ、肝心の日本女子チームはどうなんだい？」僕は黒衣君に訊いてみた。「どういう状況なの？」

黒衣君は素早くメモを取り出す。

「現在、二勝四敗です。一次リーグを突破するには最低でも五勝四敗が必要です。後がないということになります」

「一勝三敗までいった時には万事休すかと思ったよ」おっさんがいう。「そこからカナダに勝ったのは大きかった。できればその後のスウェーデンにも勝ってほしかったけど、とにかくそれまでの三敗が痛い。だって、勝てた試合がいくつもあったぜ。初戦のロシア戦がそうだし、デンマーク戦だってミスをしなきゃ勝ててた。ここぞって時にストーンをぴたりと止めれば勝ててたはずなんだ」

カーリングにはトラウマがありながらも、おっさんはこまめに試合をチェックしていたらしい。

「でもスポーツにミスはつきものだろ。特にカーリングみたいなデリケートな競技では」

僕がいうとおっさんは目を吊り上がらせた。

「オリンピックに出るような選手は、肝心な時にミスなんかしちゃだめなんだよ。素人のくせにわかったようなことをいうな」

自分だってド素人じゃないか。

「今日の相手はどこだっけ？」おっさんが黒衣君に訊く。

「イギリスです。前回のソルトレーク大会では金メダルを獲っています。はっきりいって強豪です」

「苦戦しそうだなあ」おっさんはげんなりした顔を作った。「日本で見ていた時も、俺が応援していると負けるんだよな。見なかったアメリカ戦は延長で勝ったわけでさ」

「じゃあ見ないで帰ったらどうだ」僕はいってみた。

「そんなわけにはいかんだろうが。今日、負けたら一次リーグ突破は夢と消える。だとしても、それを見届けない手はない」

すでに負け戦《いくさ》気分だ。こんなやつに応援されてもチーム青森の女の子たちは嬉しくないだろうなあ。

依然としてアメリカ人たちがぎゃあすかぎゃあすか騒ぎ続けている仮設レストランを後にし、僕たちは競技場に向かった。

競技場はスケート場と似ている。リンクを取り囲むように四方に観客席が設けられているのだ。リンク内には四面のカーリングシートが並んでいる。つまり同時に四つの試合が行えるということだ。

僕たちの席は一番端のシートの、一方のハウス寄りだった。でも日本とイギリス戦が行われるのは、そこではなく、二つ隣のシートなのだ。僕たちの目の前のシートで行われるのは、スイス・アメリカ戦である。このあたり、座席を決める人間の気の利かなさを感じる。近くで応援したほうが盛り上がるのになあ。

と、思っていたら、僕たちのすぐ後ろをスイスの応援団が陣取った。

「なんだ、こいつらは間近で応援できるのか」早速おっさんがぼやきだした。「じゃあ、どうして日本の応援団の席を、日本が試合するシートのそばにしてくれないんだ。おかしいじゃないか」

欧米人のことが好きでないおっさん、おかんむりだ。だけどこの言い分はもっともだと思う。物見遊山で観戦に来ている僕たちはともかく、わざわざこのためだけに来ている常呂町《ところちょう》応援団も、我々と同様の席なのだ。

その常呂町応援団の面々は、テレビで見ていたとおりである。カーリングのストーンを模したかぶりものをしている人や、クリスマスツリーみたいな装飾を施したヅラをかぶっている人もいる。皆さん、見るからに熱い。熱い気迫がこちらにも伝わってくる。

どこかで見たことのある顔があると思ったら、元ノルディック複合の選手で今はスポーツキャスターになっている荻原次晴《おぎわらつぎはる》だった。彼も変なかぶりものをしてカメラに収まっている。彼としては、冬季五輪こそ存在感を示せる場だから、必死なのかもしれない。でもすぐに帰っちゃったから、単なるアリバイ作りかもしれない。

リンクに目を向ければ、日本選手の姿があった。目黒《めぐろ》選手と林《はやし》選手だ。目黒選手は初戦での調子が今ひとつで、第二戦のアメリカ戦では控えに回っていたけれど、今日はどうなんだろうか。

テレビで聞いた話だけど、ここのリンクはすごく滑りがよくて速いらしい。それで小野寺《おのでら》選手のように、肝心の場面で思ったようにストーンをぴたりと止められなかったりするんだそうだ。でもそろそろ慣れてもらわなきゃなあ。

そんなことをぼんやり考えていたら、常呂町応援団の中にいた女性が、僕たちのほうに近づいてきた。

「あのう、日本の方ですね、よろしかったらどうぞ」

そういって彼女が差し出したのは二本の日の丸だった。びっしりと寄せ書きまでしてある。

受け取ったおっさんは黒衣君と顔を見合わせている。

「振らないわけにはいかないよなあ」おっさんが気乗りしない顔でいう。

「とりあえず僕たちも応援に来ているわけですからね。何かの足しになるかもしれないから、写真だけでも撮っておきますか」

「ああ、そうだねえ」

おっさん、気乗りをしないまま記念写真を撮っている。

「もう少しやる気のある顔をしたらどうだ」僕はいってみた。

「そうはいっても、俺たち常呂町の人間じゃないし」

「でも日本人だろ」

「だけどこの寄せ書きみてみると、日本の応援というより常呂町の応援って感じだぜ」

たしかに書き込まれている内容はそういうものばかりだった。

「なんか妙だよなあ。この疎外感は一体なんだろう。俺たちはよそ者なのか」おっさんが首を捻っている。

「それは考えすぎだと思いますが、なんか入り込みにくい雰囲気はありますね」黒衣君も同調する。

そんな話をしているうちに、いよいよ試合が始まった。

日本は後攻。この場合、点は取りやすい。ただし一点でも取れば、次は相手の後攻となる。双方ゼロの場合は、そのまま次も後攻となる。だから後攻の場合は、二点以上を狙うか、それがだめならゼロで終えるというのがセオリーだ。このあたり、イタリアに来る前にテレビでしっかり勉強してきた。

第一エンドをゼロで終えた日本、引き続き後攻の第二エンドで二点を奪う。で、先攻となった第三エンドでも、相手のミスにつけこんで一点をちょうだいする。第四エンドは後攻のイギリスにセオリー通り一点だけ進呈し、第五エンドで三点をゲット。じつに快調な試合運びだ。これまでの試合では、ストーンがすーっと通り過ぎるという失敗が目立ったが、この日はそれもなし。

「今日は調子がよさそうだな」

「そうですね。逆に、相手のイギリスにミスが多いような気がします」

おっさんと黒衣君がそんなふうに話していたら、突然すぐ目の前にいた白いウエア姿の初老の男性が振り返った。

「そうじゃないよ」おじさんは黒衣君を睨《にら》みながらいった。「日本の攻撃がいいんだ。だから相手も無理をしてミスするんだよ」

「ははあ、そうですか」黒衣君、首をすくめて頷いている。

このおじさんはどうやら常呂町応援団の中でもエライさんらしい。逆らわないほうが身のためだと黒衣君も判断したのだろう。

このおじさんは僕たちの会話を時々聞いているらしく、黒衣君が、「カーリングってのは、審判がいないんでしょうか」とおっさんに質問した時も、すぐに振り返って、「ゴルフと同じで基本的には審判はいないんだ。だからフェアプレイ精神やスポーツマンシップが求められるんだよ」なんて教えてくれた。

それにしても四つの試合が同時に進行していると、各国の応援合戦も入り乱れてごちゃごちゃになる。最初、うるさかったのはイタリア応援団だ。だけど相手のカナダに第五エンド終了時で七対二とコテンパンにやられてしまっているので、だんだんと元気がなくなっていった。

代わりにやかましかったのがアメリカ・スイス戦の両応援席で、例によってアメリカ側は、「USA！　USA！」の大合唱を始める。対戦相手のスイスも負けじと、「HOT　SWISS！」と叫びだす。カンコンカンコンと鐘を叩いたりするもんだから、すぐ前に座っている僕たちにしてみればうるさいったらない。で、その合間に「日本がんばれ」のかけ声が飛ぶが、周りが騒がしすぎて、チーム青森の選手たちに届いているのかどうかは甚《はなは》だ疑問だ。

それにしてもカーリング会場は思った以上に寒い。おっさんはズボンの上からスキーパンツを穿いたが、それでも寒い寒いといっている。僕もついつい身体を丸めてしまう。

第五エンド終了後に休憩タイムがあって、いよいよ後半の開始となった。六対一だからこれはもう楽勝かななんて思っていた。おっさんなんて、ちょっとうとうとし始めている。

ところが第六エンドでいきなり三点取られてしまった。これで俄然《がぜん》緊張が高まった。

例の白色ウェアの男性も、黙っていられないらしく、スキップ小野寺選手が立てる作戦に、あれこれと注文をつけたりする。

「敵がどんなふうに石を置いたって、どんどん壊していきゃいいんだ。あ、何をする気だ。そんなところに置こうとしちゃだめだって。ガードを外していきゃいいんだ。何をやってるんだ」こういう感じ。

プロ野球とか大相撲を見て、テレビに向かって解説を始めちゃうおじさんがよくいるけど、たぶんあれなんかと同じノリなんだろうな。

その後、日本とイギリスが一点ずつ獲って迎えた第九エンド、複雑な配置となった状況で、小野寺選手が絶妙のショットを見せて一気に三点をゲットした。これで十対五だ。最終エンドが残っていたが、一度に五点を獲るのは不可能ということでイギリスがギブアップした。逆転不可能が明白な状況でゲームを続けようとするのは、紳士的行為に反するとされているらしい。相手側に握手を求めるのがギブアップの印なんだそうだ。

「テレビで見ていた時には負けてばっかりだったが、トリノに来て最初に観戦した試合で完勝とは幸先《さいさき》がいい。俺が幸運を運んできたせいかな」おっさんは上機嫌だ。

会場を出ると雪が降っていた。トリノとしては二週間ぶりの雪らしい。おっさんは雪雲まで運んできたのか。しかも水分の多いボタ雪だ。着ている服がたちまちびしょ濡れになる。

電車でポルタノーバまで出るが、雪はやんでいない。むしろ激しくなっていて、路面に積もり始めている。とりあえずタクシーに乗りこむが、黒衣君は何やら困っている様子だ。

「じつは今日は日曜日でして」彼はいう。「イタリアの店は大抵お休みなんです。開いている店をいくつかチェックしましたが、どれもこれもわかりにくい場所ばかりで……」

実際わかりにくかったらしく、タクシーの運転手が道を間違える。適当に降りて、あとは徒歩となったが、雪道のためにひどく歩きにくい。で、当然だけど寒い。

迷いながらも一軒のレストランに入る。まだ七時になっていなかったので、ドリンクタイムだった。ワインを飲みながら、チーズだとかスナックだとかの盛り合わせを食べる。そのうちに食事タイムに入ったので、引き続き夕食となった。

ここでもメニューは難解だ。おっさんは持参してきた『指さし会話』の本を駆使し、わずかな手がかりからリゾットとポークのステーキを注文する。「これはうまい。大正解だ」と御満悦だ。

黒衣君は、あてずっぽう作戦を実行。何が出てくるのかと思っていたら、巨大なレバーの揚げ物だった。見るからにえげつなさそう。半分ほど食べたところでげんなりしている。

「明日からは東野さんを見習って、無難作戦で行きます」泣き言も入った。

ホテルに帰り、それぞれの部屋へと別れた。

おっさんは部屋に置いてあったワインを開け、プラスチックのコップで飲み始めた。何やら難しい顔をしているので、「どうしたんだい」と訊いてみた。

「いやあ、常呂町の応援団、盛り上がってたなあと思ってさ」

「そりゃあそうだよ。おらが町のオリンピック選手が活躍したんだから、盛り上がって当然だよ」

「おらが町ねえ……」

「何が気に入らないんだ」

「ちょっと考えてみたんだけど、カーリングの代表チームというのは、ほかのチームスポーツとは違って、少々特殊なんだな。ふつうは野球にしろサッカーにしろ、日本代表を国際大会に送りだす時には、いろいろなチームから優秀な選手を選抜するわけだろ。ところがカーリングの場合はそうじゃない。国内大会を勝ち上がったチームが、そのままのメンバーで代表となる」

「それは仕方ないんじゃないの。どんなに優秀な選手を集めてみても、即席で組み合わせただけでは強いチームにならないんだよ。カーリングはそれぐらいデリケートなスポーツだということじゃないのかな」

「だけどチーム青森の結成エピソードを調べてみると、結局のところ優秀な選手の組み合わせだったことがわかる。ソルトレーク大会に出場した、常呂町出身の小野寺と林が練習場所を求めて青森に渡り、ジュニアで活躍していた目黒と寺田《てらだ》がそれに加わった。で、その年にいきなり日本選手権で優勝、さらにこれまた常呂町出身の本橋《もとはし》が加わって、結成から一年足らずでトリノ出場権を獲得している。チーム青森はおらが町のオリンピック選手ではなく、そもそも常呂町なしにカーリングの発展はなかったといえる」

「だから何？　常呂町が威張ってて面白くないとか、そういうことをいいたいわけ？」

「そうじゃない。常呂町は国がやるべき冬季スポーツ推進活動の重要な部分を、代わりにやってくれているといいたいんだ。チーム青森は自分たちで優秀な選手を集めて強くなったけど、そういうことだって、本当はもっと確立されたシステムが存在して当然だと思わないか。施設も作らず金も出さず、選手強化のシステム作りにも乗り出さず、国は一体何をやっているんだといいたい。本当にもう、こんな苦しい台所事情の中で、彼女たちはじつによくやっているよ」

ワインが空になりかけていた。ほろ酔い気分のおっさんの講釈は、この後も小一時間ばかり続いたのだが、後は大した内容でもないので割愛する。


二十日はジャンプの団体戦を観戦することになっていた。昨日と同じくピネロ・オリンピカまで電車で行き、そこからシャトルバスに乗り継ぐ。

「どれぐらい乗るんだ?」おっさんが訊く。

「ええと、一時間半ほどでしょうか」

「一時間半? そんなに乗るのかよ」

「何しろトリノ市内から二百キロほどありますからねえ」

「なんだよ、それ。そんなんでトリノ五輪といえるのか。それじゃあまるで、東京で冬季五輪を開催するとかいって、新潟まで行かせるようなものじゃないか」

おっさんはえらい剣幕だ。この手のぼやきを僕と黒衣君は今後何度も聞かされることになる。

一時間半もバスに揺られるのなら、その前にトイレを済ませておこうということになる。ただし前述したようにピネロロ・オリンピカ駅は臨時駅みたいなものなので、まともな公衆トイレがない。そのかわりに並んでいたのが、青いプラスチック製の仮設トイレだ。入ってみて驚いた。水を流す仕組みがないのだ。便器の底にはアルミホイルみたいなものが張ってある。用を足した後、便器の横のレバーを引くと、そのアルミホイルみたいなものが、ベルトコンベア式に少しだけ動くのだ。汚物をそうやってタンクまで移動させようということらしい。

「これはきつい」おっさんも鼻をつまみながら出てきた。「小便がやっとだな。大きいほうをしたら、えらいことになりそうだ」

「女の人はきつそうだね」

「まったくだ。駅の簡易トイレがこれだと、会場のトイレがどうなっているか、先が思いやられる」

いよいよバスに乗り込む。車内はめっちゃ狭い。背もたれは元々倒してあるので、座れば楽ではあるのだが、前席の背もたれが顔のすぐ前に来ている。「名刺スタンドに挟まれている気分ですね」黒衣君がうまいことをいう。

しばらく走るうちに雪山が見えてきた。ジャンプ競技を見るのだという実感がようやく迫ってきた。すると唐突にバスが停止した。何だろうと思っていたら、一人の男性がバスから降りるのが見えた。その男性は数メートルほど離れたところで立ち止まると、こちらに背を向け、何やらごそごそし始めた。

僕とおっさんは顔を見合わせた。その男性は堂々と立ちションを始めたのだ。どうやら我慢しきれなくなって、運転手にバスを止めてもらったらしい。仕方ないとはいえ、もう少し見えない場所でやったらどうだという気になる。

戻ってきた男性を、知り合いと思われるグループが拍手で迎えている。どこの国にもアホはいるのだな。

この後、もう一度、立ちション停止があった。その時には三人の男性がこちらに尻を向け、並んで放尿を始めた。まさかイタリアくんだりまできて、こんな光景を見せられるとは思わなかった。

それにしてもこのシャトルバス、トイレ休憩という発想はないのか。見れば女性客だって少なくない。彼女たちが尿意を催した時にはどうしろというのだろう。駅の簡易トイレといい、そのあたりの配慮のなさにはかなり不満を感じる。

結果的に二時間近くかかって、ようやく目的地に到着。といってもすぐそばにジャンプ台があるわけではなく、そこからさらに一キロほど歩くということだった。

「交通機関が最悪だな」おっさん、またしてもぼやきだす。

ところが少し歩くと、通りを挟むように出店が並びだした。お酒や、ちょっとした食べ物なんかを売っていて、なかなか賑やかだ。金メダルを模したチョコレートなんかもあり、オリンピック会場に来たんだなあという実感がようやくこみあげてくる。

「こういう雰囲気を俺は待っていたんだよ。カーリング会場には、こういう空気がまるでなかったからなあ」おっさんの機嫌もよくなったようだ。

スナック菓子みたいなのを売っている店があった。おっさんは例の『指さし会話』の本を取り出す。何をするつもりなのかと思っていたら、店員のおにいさんに、「しょっぱい」と「辛い」という意味のイタリア語を指し示している。「酒のつまみになりそうなものを買おうと思ってな。でもこっちの菓子は、どれもこれも甘いだろ」

おっさんの意図がわかったらしく、おにいさんが二種類の菓子を勧めてくれた。食べてみると、たしかに一方は辛くて、もう一方はしょっぱい。大正解だ。

さらに歩いていくと、ワッフルのようなものを売っている店があった。じろじろ眺めていたら、おねえさんが試食用に一口くれた。なかなかうまい。ということで、おっさんは生ハムを挟んだのを注文する。黒衣君も、昨日宣言していたとおり冒険は避け、おっさんと同じものを頼んだ。二人ともおいしそうである。

その店ではホットワインなるものも売っていた。赤ワインを熱してあるのだ。身体が暖まりそうなのでそれも注文する。ところが一口飲んで、おっさんは泣きそうな顔になった。

「なんだ、これは。なんでこんな味なんだ」

僕も一口飲ませてもらう。うひゃあ、甘い。死ぬほど甘い。ブド

ウジュースにガムシロップを大量に混ぜたような味だ。

「底に砂糖がたまっています」黒衣君、コップの底を見せながら顔を歪める。

「こんなものばっかり飲んでいるから、イタリア人にはデブが多いんだ」そんなことをいいながらも、おっさん、全部飲み干す。

曲がりなりにも腹ごしらえが出来たということで、そのままジャンプ台を目指す。カーリングに比べて、格段に日本人の姿が目につく。やっぱり日本人にとってジャンプは特別な競技なんだなあと再認識させられる。

途中、仮設トイレを発見。黒衣君が、ちょっと失礼、といって向かう。だが横から現れた外国人のガキが、彼より先に入ろうとする。ところがドアを開けたところ、例のアルミホイル便器の上には、とんでもないものが残ったままだった。金髪のガキ、「Oh　NO!」とかいって逃げ出す。いい気味だ。

それにしてもおっさんが懸念したとおり、トイレ事情はかなりよくない。これから先が思いやられる。

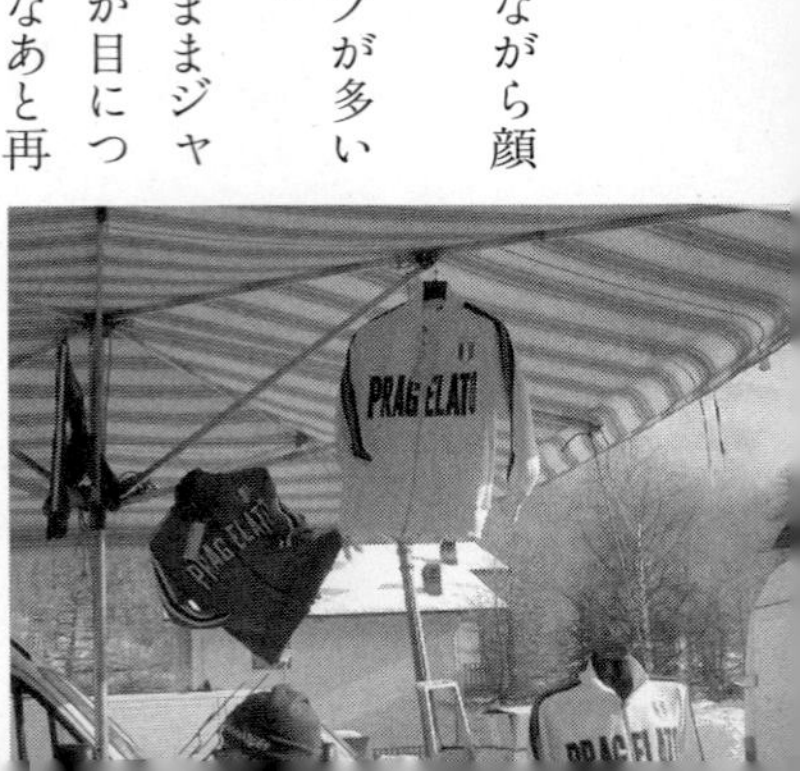

ようやく競技場に到着。ラージヒルとノーマルヒルのジャンプ台が並ぶ光景は圧巻だ。

カーリングの時もそうだったが、ここでも競技場に入る前にセキュリティチェックを受ける。

「こんな山奥にテロリストがやってくるかなあ」おっさん、ぶつぶついいながら金属探知のゲートをくぐる。

ジャンプ台のすぐ脇に観客席が作られていた。裏側から上がっていくのだが、鉄の骨組みがむきだしで、まるで建設中のビルのようだ。大会が終わったら、すぐに取り壊されるのだろうなと思った。

チケットに印刷されている座席に行ってみると、すぐ後ろが日本人グループだった。なぜか彼等は関西弁だった。つまり、選手たちの身内ではないということだ。

では身内の人たちはどこにいるのだろうかと周囲を見回していると、しもかわ、という文字の入ったウインドブレーカーを着ている団体が目に入った。

「あれは下川町の応援団だな」おっさんがいった。「何しろ今度の大会には、下川町出身のジャンパーが四人も入っているからな」

「へえ、四人も」

「岡部孝信、葛西紀明、伊東大貴、伊藤謙司郎《いとうけんしろう》の四人だ。今日の団体戦にも、岡部、葛西、伊東大貴が入っているから、応援に力が入るのも当然だ」

「調布にある東京ジャンプ少年団の内藤さん親子も下川町に世話になったといってたし、日本のジャンプ界にとっては、なくてはならない町だね」

「だからそういう状況はあまりよくないんだよな。ほかの町もがんばって、切磋《せっさ》琢磨《たくま》していかなきゃあ。もちろんそれには国の援助が必要だと思うわけだが」

おっさんが理屈をこねている間にも、観客席は各国の応援団で埋まってくる。新たに日本人の団体が来たのかと思っていたら、中国人だった。へえ、中国も出場するのか。それは知らなかった。

やがて試技ジャンプが始まった。各国の選手たちが次々に飛び降りてくる。それを見ているうちに、応援団たちのテンションも高まってくるようだ。通路で巨大な旗を振り、後ろの観客ともめているグループなんかもいる。

僕たちのすぐ後ろにいる関西弁グループも。実際のジャンプを目にして興奮し始めた。

「うわっ、めっちゃ飛んだで」

「よう、あんなとこから飛びよるなあ、人間業と違うで」

僕の気のせいかもしれないけど、関西人は関西を離れた時ほど、ふだん以上に関西弁色の強い言語を話す。そうすることで何となく心強くなれるのかもしれない。

会話を聞いたかぎりでは、彼等はジャンプのことを殆ど知らない。団体戦では四人が飛ぶこととか、二回の合計点で競うということさえ、知らない様子だった。イタリア旅行のついでに観戦しに来たのかもしれない。

試合開始が近づくにつれ、日が沈み、空気が冷たくなっていく。前述したように、建設途中のビルの上に座っているようなものだから、冷え込みがすごい。おっさんはタイツの上からスキーパンツを穿いていたが、その上からさらに持参のスノボーパンツを重ね穿きした。それでもまだ寒いということで、使い捨てカイロを両膝に入れている。靴下も二枚重ねだ。頭にはスノボー用のニット帽をかぶり、さらにスノボー用の覆面をかぶる。完全に怪しい人間である。

「昔、札幌で行われたワールドカップを見に行ったことがある」おっさんが震えながらいう。「大雪で、めちゃくちゃに寒かった。その時の教訓からこれだけの装備を持ってきたんだけど、あの時は昼間の試合だからまだよかった。夜にこんな試合を行うのは馬鹿げている」

そんな話をしている間もジャンパーたちの試技は続いている。霧が出ていて、踏みきり地点が下からだとよく見えない。

「参りましたね。競技が中止になったらどうしましょう」黒衣君が不気味なことをいう。

「こんなところまで来て、今さら中止なんてことになったら、暴動が起きるぞ」おっさん、険しい顔をする。真っ先に暴動を起こしそうだ。

開始時刻が近づくと、変なダンサーたちが特設ステージみたいなところに出てきて踊り始めた。DJみたいな奴の姿が巨大モニターにうつる。半袖だ。

「あの野郎、なに自分たちだけ暖かいところにいやがるんだ。寒いところに出てきて実況しろ。そうしないと正しい状況がわからんだろうが」おっさん、憎々しげにいう。

そうこうするうちに試合が始まった。初めのほうに登場してくるのは、中国や韓国といったアジア組だ。このあたりはジャンプに関してはまだまだ後発組なのだなと思った。実際、飛距離も出ない。

「韓国がユニバーシアードやアジア大会で金メダルを獲ったこともあったけど、所詮低迷する日本に勝ったというだけのことだったんだな。いかにここ数年、日本が悪かったのか、痛感させられるよ」おっさんが首をうなだれる。

で、いよいよ日本の出番だ。まずは伊東大貴。

「日本のユリアンティラ・コーチは、五輪後は伊東を中心に選手の育成をするとかいってた。世代交代の切り札というわけだ。それを証明するだけのジャンプを見せてほしいね」

おっさんの言葉に僕たちも期待を込めて見つめるが、伊東選手、残念ながら百二十メートルをちょっと超えたところで着地。おっさん、僕、黒衣君、ため息をつく。

二人目の一戸《いちのへ》選手のジャンプも同じようなもの。それに対して、

北欧勢は強い。百三十メートルのラインをぽんぽんと超えていく。彼等が飛ぶ時だけ、ジャンプ台の角度が変わるんじゃないかと疑いたくなるほどだ。

葛西、岡部のベテラン二人も、ぱっとしない飛躍で、日本は結局前半戦を六位で終える。

「まあ、こんなもんだろうなあ」おっさんはさほど落胆した様子も見せずに立ち上がる。

「予想通りなのかい」

「期待したよりはよくないよ。葛西と岡部がもう少し決めてくれるかと思った。でも覚悟したほど悪くもない。何しろ俺はカルガリーの大惨敗、最下位ってのを見ているからな」

「だけど今日もメダルは無理っぽいね」

「まあ無理だろうな」

「僕は、北欧勢が失敗してくれることを期待しているんですが」黒衣君がわずかな可能性を口にした。

「だめだと思うよ。仮にそういうことがあったとしても、日本の順位が三つも上がることはないだろう」

盛り上がらない気分のまま、観客席から外に出てみる。トイレに向かうと長蛇の列だ。

「やれやれ、冬季五輪というのはトイレが課題だな。もう少し女性客のことを考えないと、ますます客足が遠のくぞ」

今日のおっさんはトイレのことばかりぼやいている。

僕たちが地道に並んでいたら、どこかの国の若い男が、巧妙に横入りしようとしていた。こういうのにおっさんは敏感だ。案の定、その男の肩を叩いた。男が振り返るとおっさんは相手を睨みつけ、後ろを指さした。覆面をした男にそんなふうにされたら、大抵の人間はびっくりする。その男は首をすくめて後ろに移動した。おっさんは彼がきちんと最後部に並ぶかどうかを、じっと見つめていた。

「ざまあみろ。俺は横入りされるのが一番嫌なんだ。日本人だと思って舐《な》めるなよ」

「その覆面じゃ、相手にはどこの国の人間かわかんないと思うよ」

「いーや、あいつは絶対に、日本人なら文句をいわないだろうとたかをくくりやがったんだ。そうに違いない」

おっさんはむきになっている。何かのコンプレックスの裏返しだな、これはきっと。

ようやく順番が来てトイレに入ったが、これがまた汚かった。一応水洗便所だが、肝心の水が殆ど流れない。手を洗うところの水のタンクは壊れている。

席に戻ると、すでに二回目が始まっていた。やけに展開が早いと思っていたら、一回目で八位以内に入れなかったチームは、後半戦に進めないらしい。中国や韓国も、この時点で姿を消している。応援団も帰っている。

で、日本は、いつの間にか順位が下がっている。どうやら伊東大貴の時点で逆転されたらしいと知る。

さらに一戸のジャンプは百二十メートルに満たない。さらに差をつけられる。

「こうなったら、葛西と岡部に期待するしかないな」おっさんが呟いた。「二人とも、たぶんこれが最後の五輪だ。悔いのないよう、思いきったジャンプをしてもらいたいものだ。原田みたいに、最後の五輪だというのに悔いだけを残すようなことにだけはなってもらいたくない」

おっさんのそんな願いが通じたのか、葛西紀明が百三十メートルオーバーの大ジャンプを見せる。下川応援団、ようやく活気を取り戻した。

それでも三人目が終わった時点でまだ七位だ。

「岡部、頼む、おかべ」

おっさんと黒衣君が祈る中、岡部孝信選手が飛んだ。おお、これはいい。日本人最高飛距離だ。記録は百三十二メートル。これでようやく順位を元に戻した。

「やった。これで後の選手が全員転べば……」

黒衣君がありえない願望を口にする。しかしそんなことはやっぱり起こりえない。それどころか、ノルウェーのヨケルソイは百四十一メートルという五輪最長飛距離のスーパージャンプを見せつけてくれた。オーストリアのモルゲンシュテルンも堂々の百四十・五メートルだ。

おっさんが笑いだす。

「敵ながらあっぱれだよ。これじゃあ勝てない」

結局、オーストリア、フィンランド、ノルウェーの順となった。日本は六位。

「上出来だよ」おっさんが寂しそうにいう。「だけど問題はこれからだ。本当にもう、いい加減に世代交代を果たさないと、次のバンクーバーでは二回目に進めなくなるかもしれない」

「長野の栄光も今や過去のものですねえ」黒衣君もがっかりした様子でいう。

「やっぱり長野の後でルール改正が行われたことが大きいの？」僕はおっさんに訊いた。

「低迷のきっかけではある。だけど、もう関係ないな」

「どうして？」

「今日の試合を見ただろ。健闘できたのは、葛西、岡部という二人のベテランのおかげだ。彼等はルール改正前のエースだった。そんな彼等が新ルールの下で結果を出せたんだから、ほかの選手だってやれないはずはない。若い二人が彼等と同じ程度に飛べていれば、今日だってメダルを獲れたんだ」おっさんはやっぱり悔しそうだった。

もう新ルールのせいにしてはいけないのかなあ、なんてことを僕も考えた。

表彰式には用がないので、早々にシャトルバスに戻ることにする。途中、すごい音がしたので振り返ってみると、ジャンプ台のそばで花火が打ち上げられてい

とかいっている。

た。あの下では、さぞかし華やかな表彰式が行われていることだろう。

シャトルバスの中では熟睡した。おっさんは今頃になって、膝のカイロが熱いとかいっている。

ピネロロ・オリンピカに戻り、ホームで電車を待っていると、すぐ横に見覚えのあるおじさんがいた。昨日、カーリング会場で、前の席であれこれと解説していたおじさんだ。ひどくしょげている。そんな彼に日本人男性が声をかけた。

「残念でしたね」

おじさん、「まあ仕方ないです」と微苦笑した。

周りには泣いている人もいる。そのことをおっさんと黒衣君に教えてみた。

「ははあ、カーリングで負けたんだな」おっさんが頷いた。「午前中のイタリア戦に勝って四勝四敗の五分に持ち込んでいたんだ。残すはスイス戦だったが、だめだったんだろ」

「カーリングもだめでしたか」黒衣君、肩を落とす。「今回の五輪、いつになったら盛り上がるんでしょう」

おっさん無言。僕も無言。

ピネロロ・オリンピカからポルタノーバに出た。ここのトイレは有料だった。七十セントもする。よっぽど奇麗なんだろうと思ったが、トイレから出てきたおっさんはかんかんかんだ。聞けば、便器には汚物が付着したままだったらしい。

今日はトイレで怒りっぱなしのおっさんであった。

どうにもむしゃくしゃするということで、ホテルに戻ってからワインで宴会を始めた。昼間に出店で買ったスナック菓子がつまみだ。飛行機でもらった赤ワインも含め、三本を空にする。べろべろに酔ってから就寝。

二十一日。今日は女子フィギュアのショートプログラムを観戦することになっている。フリーを見たいところだったが、さすがにチケットを確保できなかったのだ。それでも女子フィギュアは、冬季五輪に少々関心の薄い人でも注目している競技だし、今回にかぎっていえば、もはや日本がメダルを期待できる最後の砦《とりで》でもあるのだ。ショートプログラムを見られるだけでもよしとしよう。

僕たちはやや二日酔いの頭を抱えて朝食に向かった。このホテルの朝食はずっと同じで、クロワッサンなどのパン類にチーズ、生ハム、フルーツといった品揃えだ。ヨーグルトもある。コーヒー類は飲み放題。

席について朝食を始めると同時に、「今日はどうだろうね」とおっさんが黒衣君に話をふる。

「荒川がすべてでしょう」黒衣君、即座に答える。「村主《すぐり》はメダルには届かないと思います。ミキティは、よくて八位というところでしょうか」

このあたり、出発前におっさんが話していたのと同じだ。

「今日は、悪くても二人が六位以内に入ってくれるといいんだけどな」おっさんがいう。

「そうですか」

「うん。そうすればフリーの時に逆転が可能だ。トップ二人は少々のことではミスをしないだろうから、銅メダル狙いってことになる。そのあたりだと若干レベルが落ちるから、メダルを意識してフリーでミスをやらかすこともありうる」

「でもそれは日本選手にしても同じじゃないですか」

「もちろんそうだ。でもとにかく六位以内に入ってないと期待することもできない」

「なるほど」

これまで日本選手の残念な結果ばかり見せられているだけに、おっさんとしてはショートプログラムが終わった時点でメダルの可能性も消える、ということだけは避けたい様子だ。フリーは明後日である。僕としても、それまでは期待を持っていたいと思う。

朝食後、アスティから電車に乗ってトリノ・リンゴットへ。しかしフィギュアの会場であるパラベラ競技場へ向かうには時間が早い。駅を出て、競技場とは反対の方向に歩きだす。オットー・ギャラリーというショッピングセンターがあるはずなのだ。そこで少し買い物をしようということらしい。

じつは今回の旅行で、おっさんは重大な忘れ物をしていた。パソコンを持ってきているのだが、電源プラグのアダプターを持ってきていないのだ。昨日まではバッテリーで何とかしのいでいたが、いよいよ厳しくなってきたらしい。

オットー・ギャラリーはすぐに見つかった。ところが本来の入り口にはオリンピックのスタッフジャンパーを着た連中がうろついていて、僕たちが入ろうとすると、別の入り口に回れという。どうやらオットー・ギャラリーの一部がメディアセンターとして使われているようだ。しかもスピードスケート会場へのスタッフ専用の近道にも繋がっているらしい。

というわけで僕たちは単にショッピングセンターに入りたいだけなのに、延々と歩かされることになった。今回の五輪観戦で共通していることだが、とにかく一般客が遠回りを強いられる。料金を払っている人間を何だと思っているんだといいたくなる。といっても、別に僕が払っているわけじゃないんだけど。

ようやく中に入り、サターンという電器屋を見つける。かなりでかくて、目当ての品がありそうだ。美人の店員さんがいたので尋ねてみると、二階にあります、との答え。おっさん、ほっとする。

ところが二階に行ってから改めて訊いてみると、なんと売り切れたというじゃないか。

「あんなもの、そうそう売れるものじゃないぞ」おっさんは釈然としない様子だ。

「ははあ、連中の仕業ですね。メディアセンターに滞在している各国のプレスが買い占めたんですよ」黒衣君、頷きながらいった。

「あいつらか」おっさんが眉を吊り上がらせた。「くそお、人に遠回りをさせた上に、アダプターまで買い占めるとは」

おっさん、諦めきれない様子で店内をうろつきまわった挙げ句、展示販売のマックのアダプターを見つけ、それだけを買おうとする。女性店員に交渉するが、当然のごとく断られた。そりゃあそうだ。

仕方なくスーパーで買い物をする。フィギュアの試合が終わるのは夜だから、それからホテルに戻っても、食事にありつけないのだ。チーズとかスナックとかイタリア風の珍味といったものを買う。こいつら、今夜も酒を飲むつもりだな。

ショッピングセンター内にある、ファストフード店みたいなレストランで、トルトみたいな安っぽいリゾットと肉料理を食べた。でもけっこういける。ふと横を見れば、スピードスケートで一躍時の人となった、びっくりドンキーの及川《おいかわ》選手がいた。四位は大健闘だけど、もしもう一つ順位が上だったら、人生が大きく変わったかもしれないな、なんてことを考えてしまった。

腹ごしらえをしたところでパラベラ競技場を目指す。さほど寒くないので散歩にはちょうどいい。

考えてみたら、ゆっくりと街を見て歩くのは、こっちに来て初めてのことだった。よく見れば歴史を感じさせる、風情のある町並みだ。

店の看板に透かしになっているものが多いのは、道が一方通行だからだろう。だけど歩行者には一方通行もくそもないので、反対から歩いてくると看板の文字は全部鏡文字になってしまう。これはこれでいいのだろうか。

道に沿って様々な小売店が並んでいる。一見しただけでは何の店かわからない。イタリア語がわからないせいもあるが、ショーケースの内容にも問題がある。どの店にも、申し合わせたようにオリンピック関連のグッズやプラカードみたいなものが飾ってあるのだ。いくつかの店では、これみよがしにクラシックスキーなんかを展示してある。

「この土地とクラシックスキーに何か関係があるんでしょうか」黒衣君が首を傾げる。

「たぶんないと思う」おっさんがあっさり答える。「だって雪山なんかどこにもないじゃないか。これはたぶんオリンピックの雰囲気を出すために急遽展示したのだと思うよ。だって、靴屋とか化粧品屋のショーケースにスキーを置く意味がどこにあるんだよ」

「なるほど。この町はこの町なりに、何とか五輪の雰囲気を盛り上げようとしているんですねえ」

やがてパラベラ競技場が見えてきた。各国の観客たちがぞろぞろと向かっている。日本人の姿もちらほら見える。ジャンプ以上に注目されているのだから当然か。しかもおそらくジャンプ以上に、選手の身内以外の観客も多いと思われた。

スケート靴の形に整えられた巨大な植え込みがあった。その前を通りすぎると、明らかに日本のテレビクルーと思われる男たちがうろうろしていた。

連中は何かを物色するような目を周囲に配っていたが、こちらを見ると足早に近づいてきた。

「あのう、日本の方ですよね」

「そうですけど」おっさんが無愛想に答える。

「日本人選手への応援のコメントをお願いできないでしょうか」

ははは。この男性、おっさんが何者かまるで気づいていないらしい。スチュワーデスに話しかけられたりして有名人になった気でいたおっさん、ちょっと傷ついた様子だ。

おっさん、無視して通り過ぎる。相手もしつこくは頼んでこなかった。

「フィギュアとなるとさすがに日本人メディアも多いな。連中も、ちょこちょこっと応援番組を作ろうっていう魂胆なんだろう。あんなのに利用されてたまるもんか」おっさんは憎々しげにいった。自分のことを気づいてもらえなかったことが、よほど悔しかったのだろう。

「あれ、ＴＢＳでしたね」黒衣君がいった。

「えっ、ＴＢＳ？　本当かい」おっさんの目の色が変わる。

「だと思いますよ。そういうロゴが見えましたから」

「そうか。ＴＢＳかあ……」おっさん、何やら考え込んでいる。

「だったら、少しぐらい協力してもよかったかな」

「どうしてですか」

「だって、ＴＢＳといえば、今『白夜行』を放送中だろ。フィギュアの応援コメントをするふりをして、ドラマの宣伝をするっていう手があるじゃないか。視聴率、やや苦戦してるみたいだし」

なんじゃ、そりゃ。

「戻って、交渉してみますか」黒衣君が困惑しながらもいう。

「いや、いいよ。若干、恥ずかしいし」

若干どころか、かなり恥ずかしい。何を考えているんだ。そんなことしたって、フィギュアに関係のない部分はカットされるに決まっている。

お約束のセキュリティチェックを受け、競技場内に入る。観客席はアメリカンフットボール場を思わせるようなすり鉢状だ。僕たちの席は階段を上がった突き当たりの最上列だった。居眠りをして前に倒れたりしたら、そのまま階段を転がり落ちそうでちょっと怖い。しかし全体を見渡せる、考えようによっては悪くない席だ。

人気種目だけあって、応援席の盛り上がりは、これまでのどの競技よりも熱い。大きな日の丸もあちこちに見られる。この種目に関しては、日本はマイナーな国ではないと実感できて、とても誇らしい気分になる。

僕たちが席に着いた頃には、まだ空席がたくさんあったが、試合開始が近づくにつれ、殆どすべての席が埋まっていく。これじゃあチケットを確保するのに苦労したはずだと納得。残念ながらフリーのチケットは入手できなかったのだが、やむをえないなあと諦めもついた。

それにしてもジャンプの時にも思ったことだが、外国人は、なんでこう席を間違えるのか。あっちこっちでもめている。

「ねえ、あんた、そこ、あたしの席だと思うんだけど」

「えっ、じゃあ俺の席はどこだ」

「チケット見せてみなよ。ほら、やっぱり違うじゃない。あんたの席は一つ前よ」

「だけどそこには金髪のおばちゃんが座ってるぞ」

「おかしいわね。ねえおばちゃん、ちょっとチケット見せて。ああん、だめじゃない。おばちゃんの席は一つ後ろよ。あれっ、だとするとあたしの席がなくなっちゃう。あたしの席はどこなのよお」

こんな感じで新たな客が一人現れるたびに大移動が繰り返される。階段の番号と椅子の番号を合わせるだけのことに、どうしてこう手間取るのか、全くわからない。

「こいつらはアホか。数字が読めないのか」おっさんが暴言を吐く。

たしかに日本の劇場や野球場などで、こんな光景を見たことはあまりない。日本人というのはこういうことに関しては慎重なのかもしれない。あるいは、単に外国人が大雑把《おおざっぱ》なだけなのか。

そうこうするうちに試合時刻が近づいてきた。選手の出場リストによれば、日本の三人娘が登場するのは後半のようだ。五、六人のグループごとに滑るが、その間に整氷とウォーミングアップが行われるらしい。

まず最初のグループが出てきた。アメリカ応援団が騒ぎだしたと思ったら、二番目に全米選手権二位のキミー・マイズナーが出るからだった。

で、そのマイズナー、いきなり高得点を叩き出す。プログラム何とかという点がやたらに高い。マイズナーにとっても自己最高のようだ。技術的なことはもちろん僕たちにはわからない。ただ僕にもわかることは、観客席の盛り上がりがすごいということだ。その中心となっているのは、いうまでもなくアメリカ人である。ここでもお決まりの、「USA！　USA！」のコールを聞かされることになった。

「おいおい、客席の盛り上がりに、審査員たちが幻惑されたんじゃないだろうな」おっさんも僕と同じようなことを感じたらしい。

その後、次々と選手が出てくる。大きなミスをした場合はわかるけれど、それがないと、演技の優劣が僕たちには今ひとつよくわからない。上手く滑ったな、と思っても、前述のプログラム何とかという点がやけに低かったりするのだ。その結果、マイズナーの名前がずっと一番上に残ることとなった。

選手の技量は様々だ。中には、明らかにフリーに進むのは難しいだろうな、と思える選手もいる。そんな選手がミスをした場合、観客たちは国に関係なく激励の拍手を送る。表示される点数の低さにブーイングをする。そういうところはなかなか暖かいなと僕は思った。

「いや、それはどうかな」ところがおっさんは首を傾げた。「拍手するのも低得点にブーイングするのも、結局は高見の見物だからじゃないのか。今、マイズナーがトップだけど、彼女を脅かしそうな選手が出てきた時でも、アメリカ人たちが同じように暖かい目で観戦できるかどうかは甚だ疑問だね。心の中では、ミスしろ、とか祈ってるんじゃないか」

「ひねくれてるなあ」

「俺は本心の話をしているんだ」

三番目のグループがウォーミングアップを始めた。その中に安藤美姫が入っている。ミキティの衣装は黒を基調にしたもので、なかなか渋い。おっさん、黒衣君の双眼鏡を取り上げ、必死で追っている。

「うーむ」

「何を唸ってるんだ」僕は訊いた。

「いやあ、細身の選手が多い中で、ミキティはやっぱり肉感的だなあと思ってね。人気があるはずだ。フィギュア選手の体型じゃないよ」

うーむ、おっさんとしては褒めているのかもしれないが、それってフィギュア選手としてはあまりいいことではないんじゃないか。

そんなことをいっているうちに第三グループの演技が始まった。そして我らがミキティの登場だ。どきどきして見守る。

「転倒だけはしないでくれ」おっさん、胸の前で手を組む。

祈るように見守る中、ミキティはコンビネーション・ジャンプに挑む。ところが二つめのジャンプの着氷でぐらりとバランスを崩した。ひやりとしたが、辛うじて手をついただけで済んだ。ふうーっと吐息をつくが、減点されるのは確実だ。

それでもミキティはスピードを落とすこともなく、伸び伸びと滑っているように見えた。束ねていない髪が、風を受けて跳ねるようになびく。終盤のスパイラルで勢い余ってフェンスに近づきすぎ、手をぶつけるというアクシデントもあったけれど、滑りを楽しんでいる雰囲気は最後まで消えなかった。

二つのミスが響き、トップのマイズナーには届かず。僕たち、ちょっと肩を落とす。

「まあ仕方がない。俺たちの予想でも、安藤は三番手だったんだ。後の二人に期待しよう」おっさんが気を取り直すようにいった。

次のグループに荒川静香が出てきた。しかしその前に世界チャンピオンのイリーナ・スルツカヤの演技を見なければならない。

ウォーミングアップを見たかぎりでは、荒川選手はすごく落ち着いているようだった。Y字バランスをしての滑りを披露してくれたが、長身の彼女がやるとじつに優雅で、しかも格好いい。

さて本番だ。パンツルックで出てきたスルツカヤ、やっぱりうまい。素人にも、スピード感やジャンプの安定感などは伝わってくる。スピンもすごいぞ。すごい格好でくるくる回っている。

演技が終わった途端、会場がすごい拍手に包まれた。ロシア応援団だけでなく、アメリカ人もイタリア人も手を叩いている。おっさんだって感心した顔で拍手だ。当然のことながら高得点が出て、ここでようやくマイズナーの上に名前がくる。

「すごいですねえ。これを上回るのは難しいですよ」黒衣君、早くも白旗をあげている。

二人を挟んでいよいよ荒川静香の登場だ。海外メディアの予想でも、この荒川がメダルを獲ることになっている。その予想だけは外れないでほしい。

『幻想即興曲』が流れる中、ゆっくりと滑り始める。冒頭のコンビネーション・ジャンプで息を呑む。どうかミスしないでほしい。三回転、二回転のジャンプが何とか決まって胸を撫で下ろす。

その後も目立ったミスはない。ウォーミングアップでも見せていたY字バランスでの滑りも見事だ。足を支えていた手を放しても、しばらくそのままの姿勢で滑るのが美しい。ビールマンスピンも完璧に決まった。

観客の拍手もスルツカヤに負けていない。じっと電光掲示板を睨んでいると、わずか〇・六八点差で二位となった。

「惜しい。けど、すごいことだぞ」おっさんが興奮気味にいった。「こんな点差、ないに等しいからな」

最終グループが出てきた。さあ、後は村主の演技を待つだけだ。でもこの組には強敵が二人もいる。世界選手権二位のアメリカのサーシャ・コーエンと同三位のイタリアのカロリナ・コストナーだ。

まずは村主が出てくる。黒衣君は、彼女が感極まって泣きそうな表情をするのが好きではないという。

「それがいいんじゃないか」おっさんは弁護した。「あれはひとつの芸風なんだよ。ああいうのが好きな審査員もいるんだ」

「ははあ、そういうもんですか」いつもはあまりおっさんに逆らわない黒衣君だが、この点については釈然としない様子だった。

さて村主だ。素人目にはノーミスに見えた。ジャンプは安定していたし、ステップは華麗で、見ていて楽しかった。おっさんがいう「泣き芸」も最後に決まった。

得点はスルツカヤ、荒川に次ぐものだった。まずまず、というより上出来だろう。

村主の高得点で気分をよくした我々だったが、得点発表の前から、会場内は異様な盛り上がりに包まれていた。次の演技者であるイタリアのコストナーが氷上に現れたからだ。時間短縮のためには仕方がないとはいえ、ずいぶんと気の利かない演出だ。

異常ともいえる熱い空気の中でコストナーが滑り始める。本人としては相当なプレッシャーだろうなあと思っていたら、案の定最初のコンビネーション・ジャンプで転倒した。

悲鳴のようなものが場内を覆った。すぐ前に座っていたおばさんが、この世の終わりのような表情で顔をそむけてしまい、後の演技を見ようとしない。よほどショックだったらしい。

コストナーは最後まで懸命に滑り、場内の大喝采を浴びるが、その顔つきはやっぱりかなり硬い。得点も伸びず、この時点で十位に沈んだ。これではメダル獲得は絶望的だろう。

ため息が残る中、いよいよアメリカのコーエンが登場してきた。コストナーに同情の拍手を送っていたアメリカ応援団、いつまでもそんなことをしている場合ではないとばかりに、コーエンの応援に徹し始める。

コーエンは小柄で細身だ。ウォーミングアップの時には村主と見間違えたほどだ。その小さな身体で飛ぶわ跳ねるわ回るわ踊るわ、そして当然滑るわで、全く目が離せない。躍動的という点では、全選手中ピカイチという印象を受けた。最後のスピンでは、場内、拍手の嵐だ。

「これはすごい」黒衣君も興奮して手を叩く。

「ううむ、こいつは強敵だ。ちょっと勝てないかなあ」

すごい点が出てしまうことを僕たちは覚悟した。やがて得点が表示される。予想通りにトップに躍り出て、アメリカ応援団は歓喜の声をあげる。

「だけど、そんなに差はないぞ」おっさんが冷静な声でいった。

なるほど、トップとはいえ、二位のスルツカヤとはわずか〇・〇三点の差だ。荒川静香とだって、〇・七一点しかない。

「これはすごいことになったぞ。どうなるかわかんないなあ」

「日本が三位、四位というのは、東野さんが挙げたメダル獲得の条件を満たしていますね」

「うん。ようやく本格的にメダルが見えてきたという感じだ」

予想以上の好結果に満足し、競技場を出た。すぐ外でタクシーが待っていた。運転手はぎごちない英語のパウロだ。

パウロは、試合はどうだった、と訊いてきた。

三位と四位が日本だと教えてやると、なぜか彼は、「ロシアは？」と尋ねてきた。

「二位だよ」

「へえ、ロシアは二位か」

「イタリアは十一位だった」

「イタリアなんかどうでもいい。へええ、ロシアは二位なのか」首を捻っている。

スルツカヤのファンなのかもしれない。あれだけの選手になると、国を超えてファンがいても不思議ではない。そういえば荒川や村主たちには、他の国の人々からも声援が飛んでいたようだ。

「荒川、どこまでいけるでしょうね」黒衣君がおっさんに訊いた。

「金は無理でも、銀はあるかもしれない。もしかしたら銀、銅ってことも考えられるぞ」

「上位の二人を落とせますかね」

「俺はね、スルツカヤはフリーで転ぶんじゃないかと思っている」

おっさんの言葉に僕と黒衣君は同時に驚きの声をあげた。

「そんなこと、ありえますかね」

「何が起きるかわからないのがフィギュアだ。俺の記憶では、ショートプログラム二位の選手が逆転で一位になったケースより、力んで失敗したケースのほうが多いように思う。スルツカヤはソルトレーク五輪でもショートプログラム終了時で二位だった。そこから逆転を狙ってバランスを崩し、結果的にショートプログラム四位のヒューズに逆転負けをくらってるんだ。同じ悪夢が彼女を襲わないとはかぎらんぞ」

おっさんは大した根拠もなく、スルツカヤファンが聞いたら激怒しそうな不吉な、というより悪意に満ちた予想をたてる。予想ではなく希望的観測だね、これは。

「いずれにせよ、ようやく待望のメダルが獲れそうですね」黒衣君も明るい声を出す。

「そういうことだ。俺としては、何とか二つほしいな。なあ、銀と銅の二個獲るのと、金メダル一個獲るのとじゃ、どっちがいい？」

「そりゃあ金メダルでしょう」

「そうだよなあ。天下の女子フィギュアで金メダルなんてすごいことだもんなあ。銀メダルなら伊藤《いとう》みどりが獲ってるもんなあ。そういうことになったらすごいだろうな」

「日本中がひっくり返るでしょうね」

この時点では二日後に何が起きるか、僕たちは全く知らないわけで、単純に夢の話を語っている気分だった。

ホテルに戻った時には日付が変わっていた。それでも今日の好結果を祝おうと、おっさんたちはまたしてもワインを開けるのだった。やれやれ。

二十二日。早朝五時半にホテルまでタクシーが迎えにきてくれた。運転手は例によってパウロである。

この日はスノーボードのパラレル大回転を観戦する予定だ。会場はバルドネッキアというところだが、そこまで約二百キロある。

「何度もいうようだが、どうしてこう会場が遠いんだ」おっさんがぼやく。「こんなに移動させられることがわかってて、IOCはトリノに決めたのか。どうなんだ」

そんなことを八つ当たり気味に訊かれても黒衣君としても困るわけである。さあねえ、なんて曖昧に答えている。

二百キロの行程をパウロは快調に飛ばしていく。スピードメーターを見ると時速百四十キロを超えていた。

「俺は昔、ラリーのドライバーをやったことがあるんだ。運転は大好きだ」

途中に立ち寄ったバールで、カプチーノを飲みながら彼はいった。

「日本車も大好きだよ。トヨタにスズキ、ホンダみんないい」

鼻歌交じりで彼は運転を続けた。アクセルをぐいぐい踏んでいく。少しでも遅い車があれば、迷いなく追い越しをかける。

無謀運転が奏効し、予定よりも早くバルドネッキアに到着。ただしここから改めてシャトルバスに乗らねばならない。ここから先へはタクシーでは行けないのだ。

おっさんたち、バスの中で防寒具を身に着け始める。たしかにかなり寒そうだ。ところで今日のスノーボード・パラレル大回転には、日本からは鶴岡剣太郎《つるおかけんたろう》選手一人しか出ていない。しかも残念ながら、入賞を期待できるレベルではなさそうだ。それでも僕たちが観戦することになったのは、おっさんのスノーボード好きのせいである。

「せっかく冬季五輪を観戦するのに、スノーボードの試合を一つも見ないというのは納得できない」

こういうおっさんのわがままを考慮し、黒衣君が苦肉の策として提案したのが、今日の観戦だったのだ。ハーフパイプや新種目のスノーボードクロスを見たかったのはやまやまだが、僕たちがこっちに来た時には両方共終わっていた。

ハーフパイプでは落胆していたおっさんだが、スノーボードクロスをテレビ観戦している時には上機嫌だった。日本代表の千村《ちむら》選手が準々決勝で転倒したにもかかわらずだ。

「そんなことはいいんだよ」おっさんはいう。「スノーボードクロスに転倒はつきものだ。それを恐れてちゃ、強豪選手に勝てない。千村選手は決勝トーナメント一回戦を二位で通過したけど、転倒覚悟の攻撃性があったからだ。それより俺が嬉しいのは、この競技が予想通りに面白いことだ。いや、面白いことは前から知っていたけど、みんなにそのことをアピールできたことだ。次の五輪では、間違いなくハーフパイプに負けないぐらいの人気を取れると思う」

スノーボードの話になると、おっさんの目の色が変わる。僕が保証するけど、おっさんは心の底から日本のスノーボード陣の健闘を祈っているのだ。関係者の皆さん、どうかおっさんが生きている間に、スノーボードで金メダルを獲れるようにがんばってください。

話が横道にそれたけど、そういうわけで僕たちは今日の試合を見ることにしたのだった。

シャトルバスの中で出発を待っていると、日本人数名が乗ってきたのでびっくりした。今日は自分たち以外に日本人はいないだろうと踏んでいたからだ。どうやら彼等は鶴岡選手のご家族のようだった。フィギュアやジャンプと違い、日本の応援団がいない中で声援を送り続けるのは心細く、寂しいことだろうと想像する。僕たちだけでも来てよかったんじゃないかな、と思った。

会場に着いたが、試合開始まではまだたっぷりと時間がある。朝食抜きで出てきただけに腹ぺこだ。ここにも臨時レストランが作られていたので、まずは覗いてみる。

中はすいていた。どこかの外国人グループが白ワインを飲みながら盛り上がっている。それを見て羨《うらや》ましくなったらしく、「俺たちもワインを飲もう」とおっさんがいいだした。

ここは食券方式だった。ところがシステムがいい加減で、食券を差し出しただけでは、料理を出すおばちゃんには注文内容がよくわからないらしい。しかもそのおばちゃんは、英語が全くできないときている。散々もめた結果、ようやく野菜の盛り合わせと白ワインをゲットできた。

腹が膨れた上にほろ酔い気分といった状態で、僕たちは観客席に向かった。コースは真正面にある。

パラレル大回転とは、同時に二人の選手が並行する二本のコースを滑る競技である。いうまでもなく先にゴールしたほうが勝ちとなる。でもそれではコースの違いによるハンディが生まれるので、コースを入れ替えて、もう一度レースを行う。その際には一本目に負けた選手はタイム差分だけ遅れてスタートする。つまり二本目に先にゴールしたほうが真の勝者というわけだ。こうやって一対一の勝負を、準々決勝、準決勝、決勝と続けていき、優勝者を決めるのだ。

ただ、こういう対戦型の勝負になるのは決勝だけである。まず予選で二本のコースを滑り、その合計タイムで十六位内に入った選手だけが決勝に進めるのだ。いよいよ試合が始まった。選手が二人ずつ滑り降りてくる。ただし今も述べたように、この時点では二人が競っているわけではない。単にタイムを計っているだけだ。

この日はやけに天気がよかった。雲など殆ど見当たらない。真夏のような青空が広がり、そして真夏のような日差しが照りつけてくる。かんかん照りといってもいい。

バスの中で防寒具を身に着けたくせに、暑い暑いといっておっさんは上着を脱ぎ始めた。上はロングTシャツ一枚だ。しかし下はオーバーパンツを穿いたままである。

「下半身は日陰になってるだろ。日が当たってないと、すごく寒いんだ」

どうやら日向と日陰の温度差がかなりあるようだ。それを示すようにおっさんはニット帽を脱ごうとしない。それを脱ぐと余計に暑いらしい。

次々と選手たちが滑り降りてくる。そして鶴岡選手の番になった。僕たちは身を乗り出した。

鶴岡選手、途中までは快調に飛ばしていた。ところが中盤にきて、大きく膨らんでしまいタイムロス。思わずため息をつく。

鶴岡選手の身内の方々は、僕たちよりも少し上の席で観戦しておられた。一本目の滑りに少しがっかりしておられるようだ。でも笑顔が見えたのでなんだかほっとした。

「この競技で日本人選手が好成績をおさめてくれたら吉田美和《よしだみわ》さんあたりも喜ぶ

んだろうけどなあ」おっさんが呟く。

「どうしてドリカムのボーカルが喜ぶんだい？」

「その吉田美和じゃない。スノーボードの、俺の師匠にあたる稲川《いながわ》・吉田夫妻の奥さんのほうだ」

おっさんによれば、その御夫妻は妙高《みようこう》の赤倉《あかくら》で旅館経営をしつつ、デモンストレーターをしたりレッスンビデオを制作したりして、スノーボードの普及に尽力されているという話だった。おっさんがお二人と会ったのは山形の月山《がつさん》で、その時、稲川プロが得意とされているコブ斜面攻略のレッスンを受けたらしい。

「吉田美和さんはアルペンボードのデモンストレーターを長年やっておられて、すたれつつあるアルペンの人気を何とか盛り返そうと苦労しておられるんだよ」

「アルペンボード？」

「スノーボードといっても、二種類あるんだ。ハーフパイプでは、フリースタイル・ボードと呼ばれる板が用いられる。でも今ここで

やっているパラレル大回転という競技では、アルペンボードという板が使われている。フリースタイル・ボードは、飛んだり跳ねたりといったトリックをするのに適している。アルペンボードは、ただひたすら速く滑るのに向いている。面白いのはスノーボードクロスで、両方の板の使い手が混在している。操作性を重視するか、スピードを重視するか、選手によって違うということだ。今回の大会では、金メダルを獲った選手はフリースタイル・ボードだったけど、銀メダルの選手はアルペンボードだった。ゴールインした時の差はほんの数十センチだったから、スノーボードクロスに関しては、どっちが有利かはまだ結論が出ていないって感じかな」

スノーボードの話になると、おっさんの能書きが長くなる。

「二つの板があるってことはよくわかったよ。それで、今はアルペンボードの人気が低いのかい?」

「まあ、そういうことだ。ゲレンデなどで一般の人が楽しむのは、圧倒的にフリースタイル・ボードが多い。俺もそうだしな。アルペンボードは大手メーカーが次々に撤退するほどマイナーになりつつある」

「どうしてそんなふうになったんだろう」

「一言でいえば、ふつうに楽しむ分にはフリースタイル・ボードで十分というのがある。扱いが楽だし、道具の進歩でスピードも出せるようになった。でもアルペンボードには特有の良さがあるわけで、すたれてしまうのは残念だと俺も思う」

「それならおっさんもアルペンボードを始めたらどうだ」

「もちろん俺も勧められてるよ、吉田美和さんから」おっさんは苦笑した。「ボードとブーツも送られてきた。やらないわけにはいかない。ああ、だけど、木村《きむら》公宣《きみのぶ》さんとスキーをする約束もしちゃったんだよなあ。身体がいくつあっても足りないよ」

「あのー、お話し中、申し訳ありませんが」横から黒衣君が口を挟んできた。「スノーボードをされるのは大いに結構です。アルペンボードやスキーにも挑戦なさってください。ただその前に原稿を……」

「わかってるよっ」おっさんの目が吊り上がった。

僕たちがそんなことを話している間に、競技は二本目に入っていた。スイス、フランス、オーストリアといったところの選手が好タイムを出しているようだ。ゴールインするたびに各国の応援団が鐘を叩いていたりして盛り上がっている。そしてここでもうるさいのは、やっぱりアメリカである。どうやら選手のファンクラブがあるらしい。もう耳にタコ状態のUSAコールが繰り返される。

そんな中、鶴岡選手が二度目の登場だ。一本目でミスをしているという意識からか、かなり無理をして飛ばしているように見える。その結果、ゴール手前で大きくバランスを崩した。転倒こそしなかったけれど、大幅にタイムロスしてのゴールイン。まあ仕方ないか。

タイム予選では、スイスの兄弟がトップに立った。ほかの上位陣もスイスばかり。フランス、オーストリア、アメリカがどこまで食い込めるか、といった展開になった。

残念ながら鶴岡選手は予選落ちだ。

「でも彼が出ていなければ、この競技を観戦することもなかっただろう。その意味では、とにかくがんばって出場してくれて感謝ってところかな」おっさん、腕組みをし、自分を納得させるように頷きながらいう。

決勝までは少し時間があったので、先程のレストランでおっさんたちはビールを飲み始めた。

「この後、どうしますか。鶴岡選手はもう出てきませんが」黒衣君が訊く。

「せっかくだから最後まで見よう。これからが面白いはずなんだ。なんせ、対戦式だからな。各国の応援っぷりが見ものだぞ」

決勝では十六人の選手が、予選タイムに基づいた組み合わせで対戦していく。前述したように二本勝負だ。

ベスト8が決まり、続いてベスト4を決める勝負となる。ところが並行して、負けた者同士の順位決定戦も行われる。これがちょっと退屈なのだ。応援団たちの盛り上がりも小休止といった感じになる。

日差しはますます強くなり、頭がぼうっとなってきた。日よけのためにすっぽりとフードをかぶり、スノボー用のゴーグルまでつけた黒衣君、うつらうつらし始めている。

「やばいなあ、この競技」おっさんが呟いた。

「何がだい」

「黒衣君、居眠りしてるだろ」

「そうだね」

「じつは、俺もかなり眠いんだ」

「暖かいからね。朝が早かったし、おっさんたちはビールを飲んでいるし」

「それだけじゃない。この競技自体に問題がある」

「そうなのかい」

「二本勝負というのが、どうも辛気くさい。続けてやるならともかく、間にほかの勝負が入ってくるから、緊張が長続きしない」

「だけどコースによるハンディをなくすには二本勝負にするしかないんだろ」

「そういうことだ。でもそもそも、対戦式にする意味がないように思う。アルペンスキーみたいに一人ずつ同じコースを滑ったほうがわかりやすいんじゃないか」

「対戦式のほうが、見ていて面白いと思ったんじゃないの」

「たぶんそうだろう。だけど並行する別のコースを滑って勝負する、というやり方には問題があるんじゃないか。選手は相手を意識しているだろうけど、勝つには自分のタイムを縮めるしかない。駆け引きがあるとも思えない。あったとしても観客には伝わってこない」

「じゃあ、二人が同じコースを滑ればいいってこと？」

「それで一発勝負にする。そうすれば盛り上がるぞ」

「同じコースを二人でねえ……」そういってから僕は気づいた。「それってスノーボードクロスじゃないか」

「そうなんだ。あっちは同じコースで競う。しかも四人でだ。当然駆け引きはあるし、接触プレーだってある。いやが上にも白熱するし、応援するほうだって盛り上がる。今回、多くの人が、スノーボードクロスを見て、面白かったという感想を述べている。あれが正式種目になった今では、このパラレル大回転という競技は、なんだかとてものんびりしたゲームに感じられると思わないか」

僕はうーむと唸ってから、そうかもしれないね、と答えた。

「だからやばいといったんだよ。下手をしたらこの競技、五輪種目から外れてしまうおそれがあるぞ。対戦式なんかにこだわらないで、アルペンスキーの方式を取り入れたほうがいい。アルペンボードの回転技術を競う種目は、残しておかなきゃいけないからな」

隣では相変わらず黒衣君が気持ちよさそうに居眠り中だ。それを見つけたフランス・メディアのカメラマンが面白がって撮影している。一体どういうふうに使うつもりなんだろう。

決勝に残ったのはスイスのショッホ兄弟だった。これでスイスの金銀が決定したわけだ。

「つまんねえなあ。金メダルを争って、国同士の応援合戦を楽しみにしていたのに。こうなったら銅メダル争いに期待するしかないな」

おっさんがそういったが、三位決定戦の一本目にフランス選手が大転倒して実質上のリタイア。二本目を待たずにオーストリア選手の銅メダルが決定してしまった。黒衣君を撮影して喜んでいたフランス・メディアの連中も、白けた顔で引き上げていく。

「なんだよこれは。がっかりだな。仕方がない、俺たちも退散しよう」

「決勝、見なくていいんですか」まだ寝ぼけ眼の黒衣君がいう。

「もういいよ。ぐずぐずしていたらシャトルバスに乗れなくなる」

バスでバルドネッキアに戻り、そこから電車に乗った。車両にはリュージュをしている選手のでっかい写真がプリントされていた。とりあえず五輪ムードを高めようと努力はしているようだ。

ポルタノーバで乗り換え、アスティ駅に着く。マヌエラさんが待っていた。今夜はアスティ観光局の人たちと会うことになっているのだ。

明日は観戦の予定はなく、おっさんたちはどこかのゲレンデでスノーボードを楽しもうという魂胆なのだ。観光局に行くと、早速そこの説明を受ける。クラビエールという場所らしい。

打ち合わせ後、ワインでも飲もうということになり、リストランテ・エノテカという店に案内された。カルネ・クルーダ・アラステイジャーナという食べ物をごちそうになる。スプーンの上に生肉を細かくしたものが載っていて、一口でぱっくりと食べるのだ。アスティの名物料理だという。とてもおいしい。

この店の地下にはワインセラーがあるのだが、数百年前、そこに

はかつて修道士たちが住んでいたのだという。当時は地下道もあり、街中のすべての教会と繋がっていたらしい。

レストランに戻るとカメラマンが来ていて、我々を撮影してくれた。この時には単なる記念写真だとばかり思っていたのだが、数日後、イタリアの新聞『LA STAMPA』に掲載されたのにはびっくりした。


二十三日。朝っぱらからテレビの音がうるさい。おっさんが見ていやがるな。だけどよく聞いてみると日本語だ。変だなと思って様子を見に行くと、おっさんはパソコンを使ってDVDを見ているのだった。『やまとなでしこ』のパッケージを見つけ、思わずのけぞった。

「そんなものを持ってきていたのか」

「だってこっちじゃ、テレビをつけても言葉がわからんだろ。英語ならともかくイタリア語だから」

「小さい見栄をはるな。英語だってお手上げのくせに」

「まあとにかく、日本語の番組が恋しくなるだろうと思って持ってきたんだ」

「なんで『やまとなでしこ』なんだ」

「これが一番能天気で疲れないからだ。海外旅行はストレスがたまるからな」

「どうでもいいけど、パソコンのバッテリーは切れかけてたんじゃなかったのか」

「黒衣君から携帯電話充電器用のアダプターを借りて繋いでみたらうまくいった。最初からこうすればよかったよ」

「黒衣君がアダプターを貸してくれたのは、おっさんが原稿を書くと思ったからだろ。それなのにお気楽ドラマのDVDなんか見てていいのか」

「うるさいな。今日は全面的に休息日なんだよ。だからスノボーにだって行くんだろ」

「やっぱり行くのか。僕は留守番をしているよ。女子フィギュアのフリーをテレビで見たいし」

「そうか。だけど夜は木村公宣さんの泊まっているホテルに行って、一緒に食事をする約束になっているんだぞ」

「えー、そうなのか。じゃあ、行くしかないなあ。ご挨拶しておき

たいし」

「何がご挨拶だ。ごちそうを食いたいだけだろ。行くならさっさと支度をしろ」

午前十時、例によってパウロがやってきた。「チャオ」なんて挨拶をする。今日の移動はすべて彼の車を使う。ちょっとしたハイヤー気分だ。僕たちは楽だし、彼も懐が潤うはずだった。

昨日、アスティ観光局で聞いたクラビエールという場所に向かう。やっぱり二百キロ以上あるらしい。運転が大変だろうなあと思ったが、パウロは楽しそうだ。いつものように無謀な運転を繰り返している。反対車線から車が来ているにもかかわらず、三台の追い越しを敢行した時には、思わず足を踏ん張ってしまった。そのくせ本人は鼻歌交じりに、「アイム・ドライバー、クレージー・ドライバー」なんていっている。

セストリエールという町に立ち寄り、パウラという紛らわしい名前の女性を乗せる。彼女はマヌエラさんたちの友達で、スノーボードのレンタル手配などをしてくれることになっていた。

このパウラさん、昨日の説明では英語が話せるということだったが、実際にはパウロの半分もできない。おっさんの『指さし会話』を駆使し、どうにかこうにか意思の疎通をはかる。

そうこうするうちにクラビエールに到着。パウラさんがレンタルショップで話をつける。ところがその店に入ってみると、店長は英語がペラペラだった。わかりやすい英語なので、おっさんでも聞き取れるようだ。何の問題もなくブーツと板を借りられた。はっきりいって、パウラさんが来る必要はなかったんじゃないかと思う。

ヨーロッパのレンタルは、日本と違って道具は古いけれどもメンテナンスがしっかりしている、と聞いていたが、実際にはワックスはかかってないし、エッジは研いでないしで、お世辞にも良質とはいいがたかった。おまけにビンディングが左右逆についていたりする。

「まあ、いいよ。こんなところでがんがんに滑ろうとは思ってない。少し楽しめればいいんだ」本当は道具にうるさいはずのおっさんだが、諦めた様子でそういった。

噂には聞いていたが、こちらのゲレンデには基本的に滑走禁止区域といったも

のだ。どこを滑っても自由なのだ。

のが存在しない。リフト下だろうが森の間だろうが、どこを滑っても自由なのだ。怪我のおそれはあるだろうが、各自の判断に任せるという考えなのだろう。

「このほうが自分の行動に責任を持つだろうから、かえって安全なのかもしれないな」リフトで上がりながらおっさんがいった。

「じゃあ、日本もこうすればいいのにね」

「すべて最初が肝心だということだ。スキー場というものが作られ始めた頃、経営者側が滑っていいところとだめなところを分けたものだから、どこが安全でどこが危険かをスキーヤーたちが判断する機会が失われてしまった。で、そのままスキーやらスノーボードやらが普及してしまったものだから、今さら方向転換しにくいんだと思う」

「利用者側が過保護になれてしまっている、ということでしょうか」黒衣君がいう。

「まあそうだね。ところがその自覚がなく、単なる好奇心だけで滑走禁止区域を滑ろうとする若者がいたりするから、事故が起きる。その結果、スキー場側はますます管理を徹底する。悪循環だよ」

クラビエールのコースはどこもさほど斜度がなく、広々としているのでとても滑りやすい。ただし人工雪が中心ということで、雪質は今ひとつだった。リフトで頂上付近まで上がると、フランスとの国境を示す立て札があった。いかにも海外で滑っているという感じがして気分がいい。

滑っている人たちの顔を見ると、いろいろな人種がいるようだ。たぶん僕たちと同様、五輪観戦の合間に遊びにきたのだろう。五輪スタッフのジャンパーを着て滑っている人がやけに目につくのは気になった。こんなところで滑っていていいのか。

二時間ほど滑ってからパウロの車に戻った。疲れたか、と彼は訊いてきた。僕と黒衣君はくたびれていたが、おっさんはまだ滑り足りない様子だった。

この時点で午後三時を少し回ったところだった。木村さんとは七時に会う約束になっていたが、とりあえず出発しようということになる。

木村さんはチェザーナという町にあるシャベルトンホテルに滞在

しているということだった。ところがそのチェザーナは、クラビエールのすぐ近くなのだ。車に乗ってから二十分もしないうちに着いてしまった。まだ四時にもなっていない。

「困ったなあ。こんなに早く着いて、これからどうする?」

「木村さんに電話してみましょう」黒衣君が携帯電話を取り出した。

電話すると木村さんはホテルの部屋にいるということだった。そこでホテルのロビーで待っていると、トレーニングウエア姿の木村さんが階段で下りてきた。

木村公宣さんは、アルベールビル、リレハンメル、長野、ソルトレークと四大会連続で五輪に出場された。これはアルペン界では日本史上初の快挙だ。だけど今回はNHK解説者として、現場に来ておられるらしい。

やっぱり気分は全然違うでしょうね、とおっさんが訊く。

「そうですね。オリンピックとなれば、自分が出るものだという意識がありましたからね。えっ、今回は俺、出なくていいのかな、なんていう感じがあります」

四回も続けて出ていればそうだろうなあ。

「だけど今までと違う立場で参加してみると、選手時代には見えなかったものが見えたりして、やっぱり勉強になります。選手だった頃は、自分のことしか考えてなかったですからね」

ただね、と木村さんは少し悪戯《いたずら》っぽい顔になった。

「昨日のオーモットなんかを見ているとね、俺、まだやれたんじゃないのかなあ、なんて思ってしまうんです。彼は僕と同世代なんですよ。金メダルだっていくつも獲っている。それでも若い選手に混じって出場してきて、がむしゃらに滑って、で、また一つ勲章を獲ってしまうんですからね。感動したし、勇気づけられたし、引退したことをちょっと後悔なんかもするわけです」

前日、ノルウェーのチェーティルアンドレ・オーモットが、男子スーパー大回転で二大会連続の優勝を果たしていた。木村さんより年齢が一歳下だ。

そんな選手をじかに見たら、そりゃあかつてのトップアスリートとしては血が騒ぐだろうなあと思う。

「今大会の日本選手の成績についてどう思われますか。メダルが獲れなくて期待外れ、というムードが濃厚ですけど」

おっさんの質問に、木村さんは腕組みをした。

「一般の人はすぐにメダル、メダルといいますけど、オリンピックでメダルを獲るというのは、それはもうすごいことなんです。そう簡単にはいかない。そのことを理解した上で今回の日本選手の成績を見渡せば、それほど悪いものではないと思います」

木村さんは冷静な口調でいった。単に日本選手をかばっているわけではない、と感じられた。

「とはいえ、メダルなしの日々も今日で終わりですよ。女子フィギュアがやってくれるでしょうから」木村さんはそういって笑った後、声をひそめた。「だけどフィギュアでメダルを獲れなくてもいいといっているやつがアルペン陣にいますよ。自分がメダル第一号になりたいから、とね」

「佐々木明《ささきあきら》選手ですね。それは頼もしい」おっさんも笑った。「木村さんとしては、男子回転の見通しはどうですか」

「それがちょっと面白いことになってきたんです。アルペンはワールドカップの成績で上位十五人を選び、滑走順序なんかはそのメンバーが優先されるのですが、今回はその中に日本選手が二人入れそうなんです」

「佐々木明選手以外にもう一人、ということですか」

「そうです。オーストリアがメンバーチェンジをした結果、その十五人に入っていた選手が抜けたんです。それで本来十六番目だった皆川賢太郎《みながわけんたろう》が繰り上げで入ったというわけです」

「そこに入れると大きいんですか」

「大きいです」木村さんは大きく頷く。「その十五人からさらに上位七人がまず滑り、それから残りの八人が滑るわけですが、その中での順序はくじ引きで決められます。つまり、うまくすれば佐々木や皆川が八番目とか九番目に滑られるというわけです。そうなると俄然チャンスが出てきます。このグループに日本人が二人も入るなんてことは、かつてありませんでしたからね」

「早く滑れるほうが有利なんですか」

「有利だと思います。大回転や回転のコースというのは、インジェクションといって雪中に水を注入して凍らせることで、がちがちに固まらせてあるんです。それは滑走順によってコンディションが違ってくるのを防ぐためなんですが、やっぱり徐々に荒れてきます。僕の経験からすれば、ヨーロッパのコースの場合、十番目以内だと好タイムが出るという印象です」

なるほどなあ。勝負の行方を決める要素は、選手の技量以外にもいろいろとあるんだなあ。長年第一線で戦ってきた人の分析は、聞いていて、とても楽しい。おっさんの受け売り知識や根拠のない推測をいくら聞かされても、面白くも何ともないのだが。

忙しい木村さんを長時間拘束するわけにはいかず、夕食で再会することを約束し、いったん僕たちはホテルを後にした。チェザーナの町を散歩しようということになる。

ホテルが面しているメインストリートから脇道にそれると、出店の並ぶ通りがあった。外国人たちもそれらを冷やかしながら歩いている。日本でいえば温泉街ということになるのだろうか、ヨーロッパの田舎町といった風情があり、とても賑やかだ。民族衣装のようなものを纏《まと》った人たちが、フォークダンスらしきものを踊っていた。

そのうちに雪がちらついてきた。冷え込みも厳しくなる。のんびりと散歩している気分でもなくなり、どこかに入ろうということになった。

バールに入り、ビールを飲む。現時点で、僕たちが一番気にしているのは、やっぱり女子フィギュアの結果だった。

「滑走順にもよるけど、荒川が滑る時点で村主がメダル圏内にいてくれるといいね。できれば一位とかさ。だったら、荒川のプレッシャーもかなり軽減されるんじゃないかな」おっさんがいう。

「まあ、二人揃って失敗するようなことだけは勘弁してほしいですね」黒衣君が不吉なことを口にした。

この後、おっさんたちはメダル予想の話からそれて、どの選手が一番好きかということを議論し始めた。

「僕はやっぱり安藤ですね」黒衣君がいった。「その次は荒川です」

「えっ、村主はだめなの？」

「僕、あの泣き芸がどうも好きになれないんです。それに、あの手の顔はちょっと苦手でして。そういう意味では、荒川の顔も、なんか怒った時に怖そうでだめなんですが」

顔重視かよ。

「俺は村主タイプはオーケーなんだけどなあ」おっさんがいう。「荒川タイプもいいよ。でもまあ、プロポーションを考えるとやっぱり安藤だけどな」

おまえはそっち重視か。

二人の話のレベルがどうしようもなく落ちたところで店を出た。ホテルに向かって歩いていると、木村さんとばったり会った。袋を提げておられるが、聞けば洗濯物だということだった。

「クリーニング屋に出されてたんですか」おっさんが訊く。

「そうなんですが、厳密にいうと洗濯してもらっただけです。乾燥を頼むと高いので、部屋で干すんです」

へえ、と感心する。スキーをしている時は大胆で果敢だが、こういうところではじつに堅実な考え方をする人なのだな。

改めてシャベルトンホテルに行き、レストランで食事をすることになった。木村さんによれば、ホテルから少し離れたところにあるレストランで魚料理を勧めたかったそうだが、予約を取れなかったらしい。しかしホテルのレストランの料理もじつに美味で、僕としては満足だった。

ワインが回ったのか、おっさんは木村さんにくだらない話ばかりしている。取材はしなくていいのかと心配になるが、木村さんも僕たちの珍道中ぶりを聞いて楽しそうなので、まあいいか。

食事を終える頃になり、「あっ、安藤だ」と木村さんがロビーのほうを見ていった。そこに置いてあるテレビに女子フィギュアの模様が映っていたのだ。ロビーに移って、皆で観戦する。安藤美姫はショートプログラムの時とは違い、白っぽいひらひらした衣装だ。太って見える、なんてことをおっさんはいっている。ミキティファンが聞いたら怒るぞ。

安藤美姫はショートプログラム終了時で八位。相当がんばってもメダルは遠い。注目は四回転が成功するかどうかだ。

僕たちが見守る中、果敢に挑戦。でもやっぱり転倒した。練習でもなかなかうまくいかなかったということだから、仕方ない。

その後もミスが目立つ。滑り終わった時点で、当然順位も落ちていた。僕たちはため息をついた。

引き続き見ていたいのはやまやまだったが、時間が遅くなるので、後ろ髪を引かれる思いでホテルを後にする。でも考えてみれば、明日は女子大回転を観戦する予定で、またしてもこの地に戻ってくるのだ。何のために二百キロを往復せねばならんのだろうと疑問になる。

パウロの運転する車でアスティを目指した。スノーボードを楽しんだし、おいしい食事でおなかいっぱいだし、ワインでいい気持ちだし、というわけでついうとうとしてしまう。気がついた時にはアスティに近づいていた。

隣を見ると黒衣君も居眠りをしている。今度の旅行では、彼は暇さえあれば眠っているようだ。やっぱり疲れているんだろう。無理もない。おっさんは自分では何もやらないからな。

黒衣君が目を覚ますと、それを待っていたように早速おっさんがいった。

「おい、そろそろじゃないか」

「何がですか」黒衣君、まだ寝ぼけ眼である。

「フィギュアだよ。結果が出ているんじゃないか」

「ああ、そうかもしれませんね」

「携帯サイトをチェックしてみろよ。もう発表されているかもしれない」

「あ、そうですね。でもどうでしょうか、結果が載るのはずいぶんと遅いから……」

そんなことをいいながら携帯電話を操作していた黒衣君だが、突然、「あっ」と大きな声をあげた。

「荒川静香、悲願の金、となっていますっ」

「えっ」

「えっ」

「待ってください。ほかのサイトでも確認してみます」黒衣君の声は震えていた。

僕とおっさんは沈黙して待った。やがて黒衣君がいった。

「やっぱりそうです。間違いないようです。金メダルです。荒川静香が優勝です。村主は四位のようです」

うおお、とおっさんが雄叫びをあげた。僕もシートの上で飛び跳ねる。運転中のパウロは何事が起こったのかとびっくりしている。事情を教えると、それはすごい、というように目を丸くした。

さらに黒衣君は驚きの声をあげる。

「なんと、スルツカヤが転倒したそうです。東野さんの予言通りです。それどころか、コーエンも転んだみたいです」

「そらみろっ」おっさん、唾《つば》を飛ばして叫ぶ。「いったとおりだろ。何かが起きると思ったんだよ。だけど二人とも転ぶとはなあ。それは予想できなかった」

何が予想だ。希望的観測を込めた、当てずっぽうじゃないか。

「やっぱり俺が来たからだな。俺が幸運を運んできたのがよかった。これは残りの競技も期待できそうだぞ」

おっさんの鼻息は荒い。

ホテルの部屋に戻ってからも、おっさんは怪気炎をあげ続けた。ワインを一本空にした後は、高いびきだ。やかましいったらない。

二十四日。本日の観戦競技はアルペン女子大回転。日本人選手は三人が出場予定だったが、急遽そのうちの二人が帰国した、と昨日木村さんから聞かされていた。なんでも、ワールドカップのポイントを稼ぐため、という理由らしい。五輪出場より、そういうことのほうが大事な場合もあるのだなあと不思議な気持ちになった。

例によってパウロの運転する車で会場に向かう。今日はセストリエール・コッレという場所だ。

「アルペンスキーの試合は、ひとつぐらい見ておかないとなあ」車中でおっさんがいった。

「そりゃあそうです。『フェイク』の主人公がアルペンスキーヤーで、その関係で取材を始めて、そこから今回のトリノ観戦に繋がったんですから」

「今日、出場するのは広井《ひろい》法代《のりよ》選手だったな」

「所属はアルビレックス新潟になっています。どんな仕事をしているんでしょうね」

「ホームページがあったので見てみたんだけど、情報はあまり得られなかった。過去の戦績は覚えてないとかで書いてないし。趣味が波乗りで、海に行くのが大好きらしい」

「スキー選手が海好きというのは面白いですね」

「広井選手の応援はしなきゃいけないけど、俺の今日の最大の目当ては、クロアチアのコステリッツだな。昨日、木村さんからも聞いたんだけど、彼女の出現によって、クロアチア全体のレベルが上がったらしい。みんなのやる気というか、目の色が違うというんだな。周りにそれだけの影響を与えるんだから、よっぽどすごい選手なんだろうと思うよ」

今日は会場入り口のすぐ前まで車で行けた。そこでパウロと別れ、入場する。風が冷たく、耳が痛い。防寒具のフードをかぶったが、それでも寒かった。観客席はアルペンボードのパラレル大回転の時と同様、コースに面して作られていた。そこで「小説宝石」のグラビア撮影をするとかで、待ち合わせていたカメラマンと合流した。

写真嫌いのおっさん、ふてくされたような格好でカメラにおさまっている。もう少し愛想のいい顔をしたらどうだ。

撮影を終え、カメラマンを見送った。黒衣君がなぜか嬉しそうな顔をしているので、どうしたのかと尋ねてみた。

「いやあ、じつはすぐそこで、見知らぬ白人女性から、『コングラチュレーション！』と声をかけられたんです。どうやら荒川静香の金メダルのことをいっているようです。やっぱりフィギュアで優勝すると、諸外国からも注目されるようです」

「目立たない競技でいくつか金メダルを獲るより、フィギュアで一つ獲ったほうがいいということかな。そういえばアメリカなんかだと、女子フィギュアで優勝した場合の経済効果はすごいという話を聞いたことがある。その選手へのCM出演のオファーも半端じゃないそうだ」おっさんが聞きかじりの知識を披露し始めた。「ただし、いかにもアメリカ人が勝利した、というイメージが出にくい場合は話が別らしいが」

「えっ、それ、どういうこと?」僕は訊いた。

「たとえばアルベールビル大会ではクリスティ・ヤマグチという米国選手が金メダルを獲っている。名前からわかるように日系だ。彼女の場合、金メダリストが必ず起用されてきたCMのオファーがなかった。他のオファーの数もずっと少なかった。風貌が日本人そのものだし、ヤマグチという名字もアメリカ人らしくなかったからだ、といわれている」

「冬季五輪って意外と人気ないよな。俺は好きなんだけど。一度は見てみたいと思ってるんだ」——そんなことを口にしたのは一年ほど前だ。アルペンスキーの女子選手を主人公にした小説を書くため、富良野《ふらの》スキー場などを取材している最中のことだった。

はっきりいって本気ではなく、勢いで口にした台詞だった。しかし編集者たちは真に受けた。

「それ、いいですね。やりましょう」

あっという間に企画が成立し、トリノへ行かねばならなくなった。その企画とは、私が冬季五輪についてあれこれと取材し、何らかの文章を書くというものだった。なるべく仕事を減らしたいと思っていたのに、自分で自分の首を絞めてしまったわけだ。

うへえ、どうしようかな、めんどくさいなー、なんてことを考えていたが、ぼやぼやしているうちに断れなくなってしまった。というか、引っ込みがつかなくなった。まあいいか海外旅行は久しぶりだし冬季五輪を見たかったのは事実だし、と気持ちを切り替えられたのは、ぶっちゃけ二〇〇六年になってからだ。

ところが年明け早々にとんでもないことが起きた。今回もたぶん落ちるだろうと思っていた某文学賞を受賞したのだ。授賞式は二月十七日だ。で、トリノに出発するのが二月十八日のしかも午前中ときている。なんだこれは。いじめか。

授賞式の後、二次会三次会と宴が続き、帰宅したのが午前六時。一睡もせずに二日酔いの頭のままで七時半に改めて家を出て、成田に向かった。この時点でかなりくたくたである。

「小説宝石」に掲載されたのは、
こんな写真でした。

トリノ五輪はすでに始まっていたが、日本選手の成績が芳しくない。期待の選手が次々と失敗をやらかし、メダルはゼロだ。ちっとも盛り上がらない気分のまま、トリノ入りすることとなった。

そしてこの観戦スケジュールがまたすごいのだ。たしかに、「出来るだけたくさんの競技を見たい」といったのは私である。「日本選手の好成績が期待できない種目でも見ておきたい」といったのも私である。しかし、連日往復四百キロ超の大移動というのはいかがなものか。おまけに敵は雪山だ。どんな状況になるかは、現地に行ってみないことにはわからない。寒さ対策を考えた重装備をしての移動だということは、写真を見てもらえればわかるだろう。

この日は女子アルペンの大回転が行われた。観戦五つ目の競技だし、前日はフランスとの国境付近でスノーボードを楽しんだせいで、かなり疲れている。しかし荒川静香が世界のシズカになった直後で、いろんな国の人から、「ジャパン、すごいね」と声をかけられ、気分をよくしているところではあった。やつれた顔に、うっすらと笑みが浮かんでいるのは、そういう事情からである。

「なんだそれ。まるで人種差別じゃないか」

「まるでどころか、完全に人種差別だ。もっとも、広告会社のほうはそんな意図はないと否定していたけどね。とにかくアメリカとしては、喉から手が出るほど、女子フィギュアの金メダルはほしかったわけだ。優勝候補のスルツカヤに獲られたのなら諦めもついただろうが、戦前の予想で三番手だった荒川に、日本の荒川に獲られたとなっては、さぞかし悔しかろうと思うと……」おっさんはにやにや笑いだした。「俺は久々に溜飲の下がる思いなんだ」

僕は顔をしかめた。

「せっかく、『コングラチュレーション』といってくれたんだから、そんなに悪態をつくことはないだろ」

「まあ、それはそうだけどさ」

間もなく試合が始まった。すっごく上のほうからスタートしているので、そこのところは見えない。すぐ前にモニターがあり、そこに滑っている選手の様子が映し出されている。

やがて選手の姿が肉眼でもとらえられるようになったが、それでも遠すぎてよくわからない。おまけに霧が出ている。

現地まで来ていながら、結局モニターを注視するという観戦状態になってしまった。選手がゴールするたびに各国の応援団が鐘を叩いて騒ぐので、何とかライブ感は味わうことができるが。

何人か滑った後、モニターに何やら文字が出てきた。それを読んだおっさん、悲鳴のような声をあげた。

「えー、コステリッツが棄権したらしいぞ。なんだよ、これ。何のために来たのか、わかんないじゃないか」

おっさんが喚く中、競技は続行されていく。アメリカのマンクーゾという選手が好タイムを叩き出した。当然、アメリカ応援団は盛り上がる。

「USA！ USA！」

もうええっちゅうねん。

その後も次々と選手が滑り降りてくる。コースが難しいのか、コンディションが悪いのか、コースアウトして棄権する選手が続出だ。

「こうなれば広井選手には、とにかく完走してもらいたいな。どんなふうでもいいから順位を残すことが大事だと思う」おっさんが弱気なことをいった。

その広井選手登場。僕たちはじっと見守る。とはいえ遠目からではどんな滑りをしているのか、全くわからない。まあ、近くで見られたからといって滑りを解説できるはずもないのだが。

素人目には大きなミスもなく完走。僕たち、揃って安堵の吐息をついた。

「よかった、よかった。あの調子なら二本目も大丈夫だろ」そういっておっさんは腰を浮かせた。

「えっ、もう引き上げるのか」

「アルペンの競技場を体験できた。それでもう目的は果たせた。結論をいえば、ここに座っている意味がない。スキーヤーは見えず、応援している実感がない」

それはまあたしかにそのとおりだ。黒衣君ももじもじしているので、「わかったよ、帰ろう」と僕も同意した。

前半終了さえ待たずに会場を後にしたわけだが、そういう人々は僕たち以外にもたくさんいた。応援している選手が途中棄権したのかもしれない。

会場の外にも多くの人々がいて、おまけに開いている店舗が少ないので、どこかで一休みしようと思っても場所がない。ようやく一軒のバールを見つけたが、人がいっぱいで、席を確保するのにも苦労するという有様だった。おまけにトイレもない。

ビールを一杯飲んで、その店を出た。バス停を目指して歩くうちにトイレを見つけたが、有料だった。三十セント払う。もちろん、だからといって美麗なわけではない。おっさん、ぶつぶついっている。

用を済ませ、本格的にバス停を探し始めたが、見つからない。表示通りに歩いているはずなのに、見つけたバスは我々の目的地であるウルクスには行かないようなのだ。先にバスに乗っていたにいちゃんたちが何かいっているが、意味はさっぱりわからない。

うろうろしていたら、どこかの外国人のおねえさんもうろうろしていた。彼女も僕たちのことを意識しているようだ。おっさんが近づき、ウルクス行きのバスを探しているのか、と尋ねた。そうだけど見つからない、と彼女はいっているようだ。

黒衣君と話し合い、とりあえず表示とは反対の方向に行ってみようということになる。僕たちが歩きだすと、その外国のおねえさんも少し距離を置きながらついてきた。

やがて前方にバス停らしきものが現れた。それを見て、おっさんが憤慨した。

「ここなら、会場を出てすぐに反対方向に歩いてきたほうがはるかに近いじゃないか。なんでわざわざ遠回りさせるんだよ」

「ははあ、これは大会運営者側の陰謀ですね。シャトルバスに人が殺到するのを避けるため、わざと迂回させようということでしょう」

「それならそれで、表示をちゃんとしろ」

「イタリア人としては、この程度が精一杯ということじゃないですか」黒衣君はもはや何も期待しないという口調だ。

バス停にはスタッフジャンパーを着たおじいさんがいて、ウルクス行きの停車場を教えてくれた。そこには下手くそな字で書かれた時刻表が貼ってあった。スタッフじいさんは便の一つを指し、これに乗れ、というのだった。親切なのはありがたいが、その便は一時間も前に行ってしまったバスである。おっさんが、違うだろ次はこれだろ、と十分後ぐらいに来る便を指さすと、おじいさんはちょっと考えた後で、そうだそうだその便だ、と納得顔でいった。役に立つのかどうかよくわからんスタッフじいさんである。

先程まで我々につきまとうように歩いていた外国人女性は、目的が果たせたからか、その後はこっちに近づこうとしない。まあ、得体の知れない東洋人三人では、お近づきになろうという気にもならないだろうな。

ようやくやってきたバスに乗り、ウルクス駅へ。ミラノ行きの電車がすぐに来たので乗り込む。降りたのはポルタスーザ駅。ポルタノーバと並んで、トリノの中心的な駅だ。

タクシーに乗り、メダルプラザに向かう。ここでは毎日のように表彰式が行われている。表彰式の後は、有名アーチストによるコンサートが開かれるらしい。入るには当然チケットが必要で、すでに大部分は配布済みだという。当日券みたいなものもあるらしいが、それを入手するには整理券の段階から並ばねばならないというんだから、僕たちとしては外側を眺めて納得するしかない。柵越しに眺めてみたが、ただの広場という感じだった。夜になればライトアップとかいろいろと装飾が施されるのだろう。

オリンピックストアという、五輪の公式グッズを売っている店があるというので、足を向けてみることにした。行ってみると、仮設丸出しの建物で、おまけに入り口が遠い。しかも雨まで降ってきた。

編集部その他にお土産を買って帰らねばという黒衣君、中に入って早速物色を始める。僕とおっさんも何か気の利いたものはないかと探す。フィアットのロゴが入ったボブスレーの模型が飾られていたりして、いかにも五輪グッズの店という雰囲気だ。なかなか賑わってもいる。

しかし気持ちが盛り上がったのはそこまでで、売られている品物を見ているうちにテンションがみるみる下がっていった。

「ろくなもんがねえなあ」おっさんが率直な感想を漏らす。「商売をする気があるのか。広告代理店は何を考えてるんだ。せっかく儲けるチャンスなのに」

今回ばかりは僕もおっさんに同感である。トレーナーやセーターにしても、ダサいし高い。キーホルダーやピンバッジは、フィギュアやアイスホッケーといった人気種目のものはすべて売り切れだ。あとは味も素っ気もないデザインのマグカップとか、身も蓋もないデザインのTシャツとか、別にここで売らなくてもいいじゃないかと思うような工具とか、とにかく買ってみようかという気になれるものがまるでない。

それでも黒衣君はかご一杯に品物を入れている。何を選んだの、と僕は訊いてみた。

「ええと、キーホルダーにピンバッジ、タオル、Tシャツ……」黒衣君がかごの中を見ながらいった。「それにチョコレートといったところですかね。あとはがらくたを少々」

「がらくた？」

「としかいいようがない代物です。もっとましなものがあると思いましたがねえ」失望しているのは彼も同じらしい。

オリンピックストアを出て、ポルタノーバ駅に向かって歩く。おっさんは飲み屋の女の子たちへのお土産を買いたいとかいっている。

「安くて印象的で、そのくせ感謝されるようなものがあればいいんだけどなあ」

虫のいいことを。

デパートに入ったり、商店街をぶらついたりしてみた。おっさんが、町の洋装品店といった感じの店を見つける。セールの札が気に入ったらしい。

「この店がいいな。気取ってないところがいい。見たところ、金額も理想的だ。明日、買いに来よう」

　おっさんはその店に、『質屋』という呼び名をつけた。置かれていた商品に、何となく中古品の匂いが漂っていたからだろう。

　五輪グッズを売っている店をちらほら見かける。黒衣君はそれらを一つ一つ丹念に見ていくが、お目当ての品はないらしい。

「フィギュア関連のグッズが、どうしても見つからないんです」彼はいった。

「やっぱり人気種目なんですね。グッズの売れ行きを見ていると、どの種目に人気があるのかがよくわかります。アイスホッケー、スノーボードなんかも、売れ行き好調のようです。だめなのはソリ競技ですね。特にリュージュはどこでも余っています。意外なことにジャンプもあまり売れていません」

「アメリカ人だよ」おっさんがいう。「そういうのを喜んで買うのはアメリカ人だ。で、アメリカが好成績を残せない種目は人気がないから、それで残ってるんだ」

今回の旅行で、おっさんはすっかりアメリカ嫌いになったらしい。余程例の、「USA！ USA！」がかんに障ったのだろう。

ポルタノーバ駅ではマヌエラさんが待っていた。今日はピエモンテ州の郷土料理を楽しめるパーティがあるということだった。

タクシーでピエモンテ・メディアセンターへ行く。入り口でやけに厳しいセキュリティチェックを受け、中に入る。立ったままワインを飲んでいたら、どこかの夫妻に話しかけられた。こちらが日本人だと知ると、フィギュアスケートのことを挙げ、素晴らしいねといってもらえた。やはりフィギュア金メダルの影響力は大だ。

おっさんのことをあれこれと尋ねた後、トリノはどうかと感想を訊いてきた。おっさんはちょっと困った様子で、「雨が多い」とぼそりと答えた。もう少しまな感想をいえないのか。相手もマヌエラさんも苦笑している。

「冬だから仕方がないわよ」奥さんのほうがおっさんにいった。「夏に来てちょうだい。夏なら天気のいい日もいっぱいあるんだから」

もう二度とトリノに来る気のないおっさん、適当に相槌を打っている。

この後、着席となり、目当ての料理が運ばれてきた。メインディッシュはウナギだった。マヌエラさんはあまり好きではないらしい。日本の蒲焼きなら気に入るはずです、と黒衣君が教えている。

ワインを飲みながら食事を進めていると、どこからか髭のおじさんがやってきた。おっさんを見ていった。

「あんたがヒガシノケイゴか」

おっさん、びっくりする。そりゃそうだ。こんなところに外国人の知り合いはいない。

「ベッソンの映画のストーリーを作った人だろ」

おじさんの言葉に二度目のびっくり。そんなことまで知っているのか。

「リュック・ベッソンが『秘密』をリメイクするという話があるんだけど、そんな情報がこんなところにまで流れているとはね」おっさんは黒衣君にいった。

「たぶんアスティ観光局の人が教えたんだろう」

髭のおじさんはテレビ関係の人物らしく、おっさんにインタビューに応じてもらえないかといってきた。

ノー、とだけおっさんは答える。髭のおじさん、少し心外そうな顔で引き上げた。まさか断られるとは思わなかったようだ。

食事後は早々に退散することにした。長居していると、今度はどんな人物が近づいてくるかわからない。

ポルタノーバ駅まで歩き、マヌエラさんと一緒に電車でアスティに戻った。アスティではマヌエラさんのお姉さんが待っていた。僕たちを車でホテルまで送ってくれるということなので、お言葉に甘える。

二十五日。朝七時にパウロが迎えに来る。これで四日連続の長距離ドライブだ。気心もすっかりしれてきて、車の中でも全員がリラックスした雰囲気である。

今日の観戦競技はバイアスロン。これが最後の観戦となる。思えば今回の企画で、最初に取材したのがバイアスロンだった。インタビューした目黒香苗選手の奮闘ぶりを、僕もおっさんもとうとう見ることができなかった。テレビではバイアスロンを中継することが少ないし、たまにやっていたとしても、外国放送を転用しているだけだから、順位が下の日本人選手が映ることはまずないのだ。

今日はいよいよ目黒選手を見られるのか、と思ったが、残念ながら彼女は出場しないらしい。バイアスロンにもいろいろとあって、今日は今大会から新種目となったマススタートというものだ。通常は一人ずつ時間差を設けてスタートしていくのだが、この方式では一斉にスタートし、早くゴールした者が勝ちとなる。極めてわかりやすいシステムといえるだろう。男子が十五キロ、女子は十二・五キロを走るのだが、一斉スタートだけに選手をそれほど多く出場させるわけにはいかない。男女共、今大会のメダリストやワールドカップランキング上位者から、三十名に参加資格が与えられる。日本で出場資格を得たのは、今大会の男子二十キロで十四位に入った菅恭司《すがきようじ》選手ただ一人ということだった。

仕方がないので男子の試合だけ見よう、ということになる。

本日の会場はチェザーナ・サンシカリオというところ。途中、リュージュ会場のそばを通る。これで今大会のすべての会場を回ったことになった。

会場近くに行くと、またしても途中でタクシーから降ろされる。ここからは歩けということらしい。渋々歩きだすが、思った以上に遠い。しかも道には雪が残っていて、とても歩きにくい。

思ったよりも人が多いなあと思っていたら、セキュリティチェックのゲートでは、これまでに経験しなかった長蛇の列が出来ていた。しかも人々の顔つきには、わくわくしているような輝きがある。

「もしかしたら、今日の試合って、すごく人気があるんじゃないか」おっさんがいった。

「僕もそう思っていたところです」黒衣君が同意した。「これまでとは明らかに空気が違います。熱気があります。まるで野球かサッカーの試合を見に来たような感じです」

この印象はその後も変わらなかった。観客席に向かう途中、選手たちがウォーミングアップをしているところがあったのだが、それを眺める観客たちの顔は、パドックを見つめる競馬好きの顔である。観客席に移っても、とにかく落ち着きがない。じっと座っている人が少ないのだ。早くも応援旗を振り回している人がいるし、流れる音楽に合わせて歌っている人がいる。

もう一つ、これまでに観戦してきた状況と明らかに違う点があっ

た。それはアメリカ応援団の姿が殆ど見られないということだ。選手リストを見れば、出場しているアメリカ人は一人だけだ。しかもハッキネンという、明らかに北欧系の名字である。これじゃあアメリカ人はわざわざ応援しに来ないかもしれない。

そんなことをいいながら、日本人だって我々だけだ。周囲の人々にしてみれば、どうしてここに東洋人がいるんだろう、という気分だろう。

バイアスロンは射撃をして、なおかつクロスカントリーもするという過酷なスポーツだ。射撃で的を外した分だけ、ペナルティ・ループという百五十メートルの周回コースを走らねばならない。我々の席からだと的は殆ど見えないが、この周回コースは真ん前なのでよく見えた。

「菅選手の射撃の調子が悪ければ、我々は彼の走りをたっぷりと見られるというわけだな」おっさんが不吉なことをいう。

三十人の選手が出てきて、雰囲気はますます盛り上がる。それをDJが派手に煽る。鐘に笛に拍手に歓声、もう騒がしいったらない。

号砲と共にスタート。三十人の選手がまずはクロスカントリー一周目に挑んでいく。スタート位置が上位選手のほうが前なので、この時点ですでに菅選手は遅れ気味だ。

選手たちの走っている様子はDJが伝えてくれる。たぶんこんな感じだ。

「ビヨルンダーレンとアンドレセンのノルウェー勢が速いぞ。それをドイツのグライスが追う。おおっと、ポーランドもきている。ポーランドはトマシュ・シコラだ。グライス飛ばしている。ノルウェー勢に追いつけるかあ」

僕たちの隣にいた太ったおばちゃんは、グライスの名前が出るたびに奇声を発し、旗をぶんぶん振り回す。ドイツから来た熱狂的なファンらしい。

「そういえば目黒香苗さんがいってたよな、ヨーロッパではバイアスロンは人気種目だって。強い選手にはファンクラブだってあるという話だった」おっさんがいった。

「だから自分たちだって、もう少し応援してもらえたらなあ、なんていってたね」

「これを見れば、そう感じるのも当然だと思うよ」

一周目のクロスカントリーを終え、上位選手が戻ってきた。それを見て観客は総立ちになる。DJがいっていた通り、ノルウェー勢が強い。

いよいよ射撃という時になり、派手なBGMが流れる。『パイレーツ・オブ・カリビアン』のようだ。

もちろん実際に射撃が始まる頃になれば音楽はやむ。観客たちも静かになる。その代わりに、選手たちが引き金を引くたびに歓声があがる。もちろん、的中しているからだ。外れた時には、「オウ」という悲しげな声が漏れるだけだ。

最初の射撃では、上位陣は殆ど誰も的を外さない。射撃は一回五射を合計四回行うのだが、はじめの二回は伏射、後の二回は立射となっている。銃を固定しやすい伏射のほうが的中率が高い、ということは冬戦教で教えてもらった。

一回目の伏射で菅選手は一発外す。まあこの程度は仕方がない。次にはがんばってもらいたい。

レースはドイツとノルウェーの争いにポーランドが入っている感じで進む。隣のおばちゃん、気も狂わんばかりに声援を送り続けている。ところが何と、ドイツが的を外した。

おばちゃん、この世の終わりとでもいいたそうな顔で椅子にへたりこむ。

しばらくノルウェーとポーランドの争いが続く。ところがノルウェーが次の射撃で外す。さらには次の射撃でポーランドが外し、ついにドイツがトップに追いつく。

沈み込んでいたドイツおばちゃん、「よっしゃあ」とばかりに復活である。立ち上がり、旗を振り、声をはりあげる。眼鏡がずれているが、そんなことはお構いなしだ。

DJがデッドヒートの模様を伝える。それを聞いていると、我々には全然関係ないにもかかわらず、どきどきしてくる。これは本当によくできたレースだ。人気があるのも納得できる。

ドイツがトップで競技場に入ってきた時には、観客席の盛り上がりは最高潮に達していた。ドイツおばちゃん、失神しそうな勢いである。

結局、ドイツのグライスが優勝。ポーランド二着。挽回したノルウェーが三位。で、菅選手は残念ながらペナルティ・ループを周り続けた。二回目の伏射では全弾的中させ、「おーっと、ニッポンのスガもノーミスだあ」とDJにいってもらえたのだが、見せ場はそこまでだった。三回目の射撃で三発外し、ペナルテイ・ループを三周することになったのは痛かった。

ほぼ全員がゴールインした後で、菅選手はすごく遅れて競技場に戻ってきた。もう一人遅れている選手がいたらしく、「二人の競技者のゴールインを待っています」とDJがアナウンスした。観客席からは暖かい拍手が送られていた。ひねくれ者のおっさんはどう感じたか知らないが、僕はそれを同情だとは思えなかった。人気スポーツとはいえ、これは世界ではマイナーな競技だ。そんなものに極東の島国から参加してきているのだ。成績がよくないからといって馬鹿にしたりはしないだろう。相撲に取り組もうとする欧米選手を見るような目で見ているんじゃないだろうか。

とにかく面白い競技だった。それはおっさんや黒衣君も同意見らしい。

「もっとテレビで中継してくれるといいんですけどねえ」

「そのためにはもう少し日本が強くならないとな。まあ、中継されないから競技に対する理解も少なくて、いい選手が集まりにくいという負のスパイラルになってもいるんだが」

菅選手の健闘を称えながら競技場を後にした。やはり今日もバス停まで遠い。

雪道で下り坂だから倍疲れる。

「観客にもクロスカントリー気分を味わわせようということでしょうか」黒衣君がぼやいている。

昨日と同様にバスでウルクスへ。そこから電車でポルタノーバに向かった。

駅近くのピザ屋で昼食を済ませ、土産物を買いに行く。行き先は昨日おっさんが目をつけていた『質屋』である。中に入るとおっさんはリュックサックを下ろし、不審そうに見ている女性店員に声をかける。さらに、ショーケースに飾られているバッグやら財布やらを片っ端から購入していく。一体どこの金持ちが来たんだ、という雰囲気だが、じつは大して高くないものばかりだ。ミラノの専門店でこれをやったら、費用が確実に十倍はかかるだろう。

おっさん、カードで支払いを済ませようとする。ところが格好よく出したアメックスのカードが期限切れになっていた。頭をかきながらＶＩＳＡカードを出し、何とか恥を最小限に留めた。

店を出て、駅に向かうおっさんの格好は異様である。アウトドア用の防寒具にリュックという出で立ちのくせに、両手に洋装品店の紙袋だ。「万引きに気をつけなきゃな」なんてことをいっているが、誰も寄りつきやしないって。

ホテルに戻ると、夕食前に黒衣君の部屋で男子回転を観戦しようということになる。すでに一本目は終わっていて、なんと皆川賢太郎選手が三位につけていた。佐々木明選手も八位で、まだまだメダルの期待が持てる。もう一人の湯浅《ゆあさ》選手も十七位と健闘していた。

二本目は、一本目で三十位の選手から逆にスタートしていく。このあたりの選手は一発逆転を狙い、一か八かの滑りをしてくる。当然、失敗も多くなる。失格あるいは棄権といった選手が続出する。

そんな中、湯浅選手が日本勢のトップを切ってスタート。果敢に攻めまくる。多くの選手がミスをした旗門を通過したところでバランスを崩し、あわや尻餅かという体勢になった。しかしそれを堪えるとさらにスピードに乗り、中間タイムはそれまでの中でもダントツだ。そのままゴールイン。見事に一位に躍り出た。「これはすごい」おっさんが興奮し始めた。「このタイムはすごいぞ。入賞するんじゃないか」

まだあと十数人が残っているというのに、ちょっと気が早すぎると思ったが、このおっさんの読みは正しかった。どの選手もやや慎重になっているのか、湯浅選手ほどの冒険ができないでいる。その結果、一本目十一位のコステリッツに抜かれるまで、湯浅選手の記録がボードの一番上で輝き続けることになった。テレビのアナウンサーも日本選手の健闘には驚いている様子で、ユアサ、ササキ、ミナガワという名前が頻繁に出てくる。ちなみに解説をしているのはイタリアの英雄トンバだった。

さて佐々木明選手だ。皆川選手が三位につけているし、湯浅選手が健闘したこともあり、日本人によるこの種目久々の入賞も見えてきた。となればこの選手には是非一発狙ってもらいたい。

失敗してもいいからぶっ飛ばせ、と僕たちはテレビに向かって叫んだ。

それがよくなかったのかもしれない。佐々木選手はスタート直後に旗門不通過をやらかしてしまった。おっさん、大きくため息をつく。

「仕方ないな。佐々木選手としては、メダルを獲れなきゃ意味がないと思ったんだろうし」

佐々木選手と同タイムで八位だった選手、湯浅選手の記録を下回る。七位のシエーンフェルダー、湯浅選手を十分の四秒ほど上回る。この時点で湯浅選手は三位に後退。もう後がないと思っていたら、六位の選手にまであっさり抜かれて四位。覚悟していたこととはいえ、やっぱり残念だ。

しかし一本目の五位だったカナダの選手がミスをしてくれて、湯浅選手を上回れなかった。残るは四人だ。そのうちの一人が皆川選手だから、この時点で日本人の入賞が確定した。

一本目四位のヘルプスト、いい滑りをして一位に躍り出る。さてここで皆川選手の登場だ。おっさん、祈り始める。

「とにかくミスしないでくれ、完走してくれ、タイムは後からついてくる」

見ている側でさえ、こんなふうに守りに入ってしまうのだから、実際に滑る選手のプレッシャーの大きさは計り知れない。皆川選手、やや慎重になりすぎている印象だが、無理もないと思った。

それでも後半持ち直し、ゴールイン。三位のタイム。とりあえず首の皮一枚が残った。

こうなれば僕たちが願うことは一つである。

ミスしろ、転べ、コースアウトしろ――ありとあらゆる呪いの言葉を残りの選手に浴びせる。それが通じたのか、一本目二位のカレ・パランデルが、まさかの旗門不通過だ。我々のテンションは上がりまくる。

「なんてことだ。目があるぞ。メダルの可能性があるぞ。こいつさえ転んでくれれば……」

おっさんが「こいつさえ」といったのは、オーストリアのライヒである。スポーツの神聖さを冒瀆《ぼうとく》することになるかもしれないが、僕もライヒのミスを祈ってしまった。

しかし奇跡は続かないのである。ライヒは、一本目の貯金があるんだから、そんなに飛ばさなくてもいいじゃないかといいたくなるような見事な滑りで、二位に一秒近い差をつけてゴールイン、僕たちにため息をつかせた。

「皆川が四位で湯浅は七位か。入賞者が二人。入賞している国は、メダル独占のオーストリア以外には、スウェーデンとクロアチア、そして日本だけだ。これだけを見れば、回転に関しては日本は立派なアルペン強国だ。これはまさに画期的といえるほどの好成績だ。しかし、そうはいっても……」

おっさんの台詞の続きを僕は心の中で呟いた。おそらく黒衣君も同様だろう。
やっぱり惜しい。じつに惜しい——。

二十六日はアスティ観光局の人に町の案内をしてもらい、その後、ランチをごちそうになる。郊外にある、ロカンダ・デル・サントウフィツィーオというリストランテだ。名物料理はフリットミストというもの。まあ、いってみればミックスフライだ。仔牛の内臓なんかを使っているそうで、そのことで日本人を脅かしたかったようだが、焼き肉屋でしょっちゅう臓物を食べているおっさんたちが驚くはずがない。しかもおっさんはホルモン焼きで有名な土地の出身である。

それにしてもこっちの人はよく食べる。延々と食べ続けている。しかも甘いものが多い。だから太るんじゃないのか、と思うが、それは口に出せない。

アスティ市内のアルフィエリ広場に戻り、日曜市のようなものを冷やかす。といっても、冷やかせるほどのものは売っていない。テレビやビデオのリモコンのみ、自動車のハンドルのみ、仏像の首部分のみ——といった具合で、どこからどう見てもゴミの山である。唯一まともなものといえば、異様に高価そうなブランド品バッグだが、ビニールシートの上に無造作に並べられている。おまけに売っているのは胡散臭《うさんくさ》い黒人だ。いろいろと想像が働くが、とりあえずノーコメントとしておこう。

歩いてホテルに帰ったが、日曜日はホテルのレストランも休みだと知ってびっくり。夕食を食べるために、改めてアルフィエリ広場に戻ることとなった。

二十七日、僕たちの珍道中も、ついに最終日を迎えることになった。もう殆ど見飽きた感じのパウロが迎えに来てくれる。どうだったか、と訊かれたので、楽しかったよ、と答えておいた。

トリノ空港に着くと、自分の村で作ったものだといってパウロがワインを三本出してきた。この気のいいクレージー・ドライバーに会えなくなると思うと、少し寂しい。

イタリアから出て行く者には興味がないのか、セキュリティチェックはこれまでにないほどいい加減だった。何しろ、荷物をコンベアに載せるのもセルフサービスときている。どこの空港でも要求された、パソコンはバッグから出す、という鉄則さえもおっさんは無視したが、何もいわれなかった。

トリノからミュンヘンに行き、成田行きの飛行機に乗り換える。ミュンヘンでは少し時間があったので、搭乗口近くの店でビールを飲んでいると、そこに木村公宣さんが現れた。お互いにびっくりする。聞けば、同じ飛行機ではないか。

当然のことながら、男子回転の結果について話に花が咲く。

「こういうのはいけないことだと思いつつ、ライヒが転ぶのを祈ってしまいました」

おっさんが正直に告白すると、木村さんは笑いながら、「僕だってそうですよ」といった。

「転べ、転べ、と心の中で祈ってました。二位のカレ・パランデルが旗門をまたいだ時には、解説者としてこういう断定的な言い方はしちゃあいけないと思いつつ、またぎました、絶対にまたいでいます、とかテレビでしゃべっちゃいました」

木村さんのこの台詞が嘘でないことは、帰国後、ビデオを見て確認した。木村さんはたしかに断言していたし、その声はかなり喜びに満ちていた。

「惜しかったですね」

おっさんの言葉に木村さんは苦笑しながら頷く。

「本当に惜しかったです。あんなチャンスはそうそうないですからね」

「でも入賞者が二人も出るなんてすごいじゃないですか。きっと、近いうちにメダルを獲れますよ」

「だといいんですが」木村さんは少し複雑そうな顔を見せた。

おっさんはわかってない。ほんの数日前に木村さんにお会いした時、メダルを獲るというのは大変なことなんだ、とおっしゃってたじゃないか。一度近づいたからといって、今度もまた近づけるとはかぎらない。そんなに甘いものじゃないということを木村さんは骨身にしみてわかっておられるのだ。

飛行機に乗ると、木村さんが僕たちの隣にきた。どうやら知り合いと席を替わってもらったらしい。

回転の結果について、また少し話す。木村さんによれば、優勝したライヒは、あれでも抑えた滑りだったらしい。

「彼としては、一本目にトップに立つ気はなかったと思うんです。それがたまたまトップだったものだから、余計に乗せてしまいましたね」

優勝する選手というのはそういうものなんだなあ、と感心するしかない。

「木村さんもいずれ、全日本の監督なりコーチなりになられる日が来るんでしょうね」

おっさんが訊いたが、木村さんは首を傾げた。

「少なくとも、当分そういうことはないと思います。僕はまだ、人を指導するということを勉強している段階なんです。しばらくは子供たちを教えたいと思います」

なるほどなあ。名選手が名監督になるわけではない、というのは野球なんかでよくいわれることだけど、結局心構えと覚悟の問題なのかなあと木村さんの言葉を聞いて思った。

二週間以上もトリノにいたという木村さんは、さすがに少し疲れておられるようだった。おっさんも疲れているし、僕だってそうだ。この後はリクライニングシートを倒し、映画を眺めながら、眠りにつくことにした。

日本時間で二十八日午後一時。僕たちは十日ぶりに帰宅した。おっさんは早速風呂に入るといいだした。僕はソファで横になり、この十日間を振り返ってみた。楽しい旅だった、というのが正直な感想だ。移動距離がものすごく、同じことをもう一度やれといわれたら絶対に断るだろうけど、やっぱり行ってよかった。選手たちはすごいよ、と僕は改めて思った。そして五輪はすごいとも。だって五輪でなければ、僕やおっさんが、あんなにすごいスケジュールをこなせるわけがなかった。自分たちは五輪を見に来てるんだ、という思いだけが僕たちのエネルギー源だった。

そんなことを考えているうちに、どうやら眠ってしまったらしい。気がつくと、おっさんに耳を摑まれていた。

「何すんだよ」

「おまえ、その格好はどうした」

「格好?」

僕は自分の手足を見て驚いた。薄茶色の毛に覆われている。つまりネコに戻っていた。

「あっ、戻ってる……」

「なんで戻ったんだ」

「さあ。何かの魔法が解けたんじゃないの」

「魔法ねえ」おっさんはソファに座り、煙草をくわえる。

トリノではやめていたから十日ぶりの喫煙だ。せっかくだからこの機会にやめればいいのに。

「俺たちがいない間に、いろいろと事情が変わったみたいだぞ。ネットで調べて、ちょっと驚いた」

「変わったって?」

「まずイナバウアーが流行語になっている」

「イナバウアー?」

「荒川静香のパフォーマンスの名称だ。それからチーム青森が、カーリング娘とかいうニックネームで呼ばれ、すごい人気だ。カーリングへの注目度も半端じゃないらしい」

「へええ。じゃあ、トリノ五輪によって、多少は冬季スポーツが脚光を浴びたってことなのかな」

「さあ、それはどうかな」おっさんは煙を吐く。「カーリングが注目されたのは、おそらくメダル獲得の望みを断たれるのが、ほかの競技よりも遅かったからじゃないのか。メダリストが出てこない状況では、マスコミとしても、少しでも可能性のある競技を取り上げるしかないからな」

「それだけでなく彼女たちにはアイドル性があると思うよ」

「もちろんそうだろう。でもそれだけじゃあスポーツ人気を維持することはできない。たとえばテレビ局が、チーム青森が出ない場合でも、カーリングの試合を中継するようになれば話は別だけどさ」

おっさんは煙草の火を消すと、隣の部屋からスノーボードを持ってきた。それにワックスをかけ始めた。

「早速滑りに行くのかい」僕は訊いた。

ああ、とおっさんは答えた。

「冬はもう終わりだからな。ぼやぼやしてたら山から雪が消えていく」

おっさんの言葉に、僕を人間に変えていたのは、冬の魔法だったのかもしれないな、と思った。

冬は本来、僕たち動物にとって過酷な季節だ。体温を奪い、食べ物を減らし、移動手段を制限する。そんな季節はないほうがいいと思うのだが、それでも多くの国には寒い冬がやってくる。毎年毎年、律儀にやってくる。

僕たちの先祖は、そんな冬に耐えて生きていた。だからこそ、その後にやってくる春の日差しに感謝したに違いない。だけど、僕はどうだろう。エアコンの効いた部屋でぬくぬくと暮らし、食べ物にだって困らない。北風に当たることも、雪に降られることもない。春や夏や秋と同様、おなかを出してソファに寝ているだけでいい。野生というものは、すっかり失ってしまった。

いや、僕だけじゃない。おっさんだってそうだった。

カレンダーを見て、冬という季節に入っていることはわかっていても、日本のどこかで雪が降り、時には災害が起きていることなど実感してこなかったに違いない。

おっさんにそれを気づかせたのはスノーボードだ。それに夢中になることで、おっさんは雪国を知った。おっさんは天気図をしょっちゅう見ては、北海道や新潟の天候を予想するのが趣味だが、最近になって、吹雪や大雪、雪崩《なだれ》の被害を心配するようになった。

冬と戦って生きる——その象徴がウインタースポーツなのかもしれない。そしてそんなふうに生きることが、野生を取り戻すということじゃないだろうか。冬の魔法は、たぶんそのことを僕に教えたかったのだ。

6

いい気持ちで寝ていたら、おっさんにおなかを踏まれた。

「こら、人のおなかを踏むな」

「踏んでない。足の先で触っただけだ。それにおまえはもう人じゃない。ネコに戻ってるじゃないか」

「ネコのおなかなら踏んでもいいというのか。動物虐待だぞ」

「うるさいな。踏んでないといってるだろ。大体、いつまでも寝ているのが悪いんだ。もう昼過ぎだぞ。いい加減に起きたらどうだ」

「そういわれても、眠いんだから仕方がない。時差ぼけというやつだ。トリノとは八時間もずれているからな」

「一体いつまで時差ぼけをやってるつもりだ。あれから何日も経っているというのに」

おっさんはそんなことをいいながらテレビを見ている。映っているのはフィギュアスケートだ。滑っているのはもちろん荒川静香である。

「何日も経っているといいながら、自分だってトリノの思い出に浸っているじゃないか」

「別に浸っているわけじゃない。むしろ頭が冷えてきたから、そろそろ客観的に今回のトリノ五輪を振り返ってみようと思ったわけだ」

「振り返るねえ」僕は手足を踏ん張って、思い切り伸びをした。ついでにあくびも出る。

「やる気なさそうだな」

「だって振り返るといったって、楽しい材料が殆どないもんな。日本はひどい結果だった。中国や韓国だって金メダルをいくつか獲ったというのに、史上最多の選手団を派遣しておきながら日本のメダルは荒川静香の金ひとつ。選手団長も謝ってたし、本当に情けない五輪だった」

「たしかに褒められる内容ではなかったな。だけど、そこから何かを見つけるの

が大切なんだ。失敗を教訓にしていれば、いつかは夢もかなう。諦めていた文学

賞がとれたりもする」そういっておっさんは、にやりと笑った。

「なんだよ、それ。自慢か」

「まあ、ちょっとぐらい自慢させてくれ。そのほうが人間的というものだ。とこ

ろで今おまえはメダル獲得数のことをいったな。だから中国や韓国を見習えとで

もいうのか」

「それも一つの方法じゃないの」僕はソファの上に飛び乗った。「両国ともスケ

ートトにすごく力を入れてきた。韓国のショートトラックなんてのは、もはや日本

の柔道に匹敵するぐらいのお家芸だよ。体格的に差のない日本としては、まんま

としてやられたって感じがするんだけど」

「うん、たしかに韓国のショートトラックはすごかった。金が六個、銀が三個、

銅が一個か。だけどなあ夢吉、おまえは実際にトリノに行ってみて、韓国の強さ

を感じたか。印象に残ったか」

おっさんの質問に僕は肩をすくめた。

「そりゃあ感じなかったよ。だって、ショートトラックを観戦してないんだもの。

韓国はスピードスケートでも銅を一つ獲ってるけど、そっちも見なかったし」

「そうなんだ。ショートトラックを見なかったせいで、韓国の強さなんて全然印象に残らなかった。だけど俺たちの観戦した種目数は、決して少なくなかったぞ」

「少なくないどころか、多すぎるぐらいだ。カーリング、ジャンプ団体、フィギュア・ショートプログラム、アルペンボード・パラレル大回転、アルペンスキー・女子大回転、バイアスロン——日本人で、あれだけ観戦した人間はいないと断言できる。おっさんがスノーボードをしたいとかいいださなきゃ、もっと見れてたかもしれない」

「あの日はこれといった種目がなかったんだよ。それはともかく、おまえが今いった種目に、韓国選手が何人出てた？」

「えーと」僕はおなかのチャックを開け、ファイルを取り出した。そこには今回観戦した競技の選手リストが整理されている。「とりあえずカーリングには出てないね。ジャンプ団体は十三位。フィギュア女子は出てない。アルペンボードもそうだ。アルペン女子大回転は出てるけど三十三位。バイアスロンはもちろん出てない」

「そういうことだ。で、いうまでもないことだが、それらすべての競技に日本人が出ている。出ているだけでなく三つの種目で入賞を果たしている。フィギュアなんて金メダルだ」

「そうはいっても、ひどい結果もあったぞ」僕はアルペンボードとバイアスロンの結果を見て、思わず顔をしかめた。

「たしかに残念な結果もあった。だけど、もし彼等が出ていなかったらどうだろう。アルペンボードもバイアスロンも、俺たちはたぶん見ていなかった。彼等のおかげで、今まで見たことのなかった競技に接しられたという考え方だってできるんだ」

「それはまあそうだけど」

「では韓国のお家芸であるショートトラックを除いて、トリノ五輪を振り返ってみよう。日本の入賞者はこのとおりだ」

おっさんは一枚の紙をテーブルに置いた。そこには次のようなリストが記されていた。

スピードスケート男子五百　及川佑《ゆうや》　四位　加藤条治　六位
スピードスケート女子五百　岡崎朋美《おかざきともみ》　四位　大菅小百合《おおすがさゆり》　八位
女子団体追い抜き　田畑《たばた》　石野《いしの》　大津《おおつ》　根本《ねもと》　妹尾《せお》　四位
男子団体追い抜き　中嶋《なかじま》　牛山《うしやま》　杉森《すぎもり》　宮崎《みやざき》　八位
スキーフリースタイル女子モーグル　上村愛子　五位
スキー距離女子団体スプリント　夏見《なつみ》　福田《ふくだ》　八位
スキー複合男子団体　高橋　北村《きたむら》　小林《こばやし》　畠山《はたけやま》　六位
フィギュア男子シングル　高橋大輔《だいすけ》　八位
フィギュア女子シングル　荒川静香　一位　村主章枝《ふみえ》　四位
スノーボード女子クロス　藤森由香《ふじもりゆか》　七位
スキージャンプ・ラージヒル　岡部孝信　八位
スキージャンプ男子団体　伊東　一戸　葛西　岡部　六位
カーリング女子　小野寺　林　本橋　目黒　寺田　七位
スキーアルペン男子回転　皆川賢太郎　四位　湯浅直樹《なおき》　七位

「なっ、すごいと思わないか」

「何がすごいもんか。メダルは一個じゃないか。やたらと四位ってのが多いし」

「じゃあいうが、ショートトラックを除いた韓国の成績はこうだ」

おっさんはさらにもう一枚の紙を出してきた。

スピードスケート男子五百　三位　八位
スピードスケート女子五百　五位
スピードスケート男子千　四位

「見ればわかるように、全部スピードスケートの短距離だ。これ以外の種目では、韓国は入賞者をただの一人も出していない。要するに韓国にとって冬季五輪というのは、ショートトラックの世界大会と同義なんだ。ほかの競技はないに等しい。おまえ、日本もそんなふうになればいいと思っているのか」

「うーむ」

「俺はいやだね、そんなのは」おっさんは顔の前で手を振った。「今回の日本はたしかにメダルは一つしか獲れなかったが、入賞者を出せた種目数に注目したいね。スキーなんか、クロスカントリーにジャンプ、フリースタイル、おまけにアルペン種目でも入賞者を出している。これはすごいことだと思わないか。いくらたくさんメダルを獲れても、一つの競技しか楽しめないというんなら、俺はそんな五輪は見たくない」

「僕は別にショートトラックにだけ力を入れろといってるんじゃないよ。韓国を見習って、もう少し強化したらどうかなといってるんだ」

でも、おっさんはかぶりを振った。

「その結果として、ショートトラックで多少メダルを獲れるようになったからといって、それが何なんだ。俺はメダルの数だけで五輪の結果を評価するのは間違いだと思う。せっかくこんなにたくさんの競技で入賞者を出せたんだ。いろいろな種目でメダルを狙えるようになったほうが、冬季五輪を楽しめると思わないか。好例がカーリング女子だ。彼女たちの健闘によって、今までカーリングなんてものを知らなかった人が、どれだけ関心を持ったと思う？　そういう積み重ねが、結果的に冬季スポーツ、冬季五輪の注目度を上げることに繋がるんだ」

おっさんの口調は珍しく熱い。本当に冬季スポーツが好きなんだなあ。まあそうでなきゃ、あんなに苦しい五輪観戦なんかできないよな。

「でも実際にはメダルを獲るのは難しいよね。四位まではいくのになあ。日本人って、ここ一番で弱いのかなあ」

僕がいうと、おっさんはぽんと膝を叩いた。

「そこだ。俺も長い間、そう思っていた。期待の選手がプレッシャーにつぶされてがっかりする、という光景を何度も見てきたからな。だけどそれは日本だけのことじゃないんだ。たとえば今回の地元イタリアでは、二人の選手が注目を集めていた。女子フィギュアのコストナーと男子回転のジョルジオ・ロッカだ。ところが二人とも入賞さえできなかった。ロッカにいたっては途中棄権だ。あの翌日、地元の観光局の人と食事をしたけど、『あの根性なしめ』と罵《のの》っていた。この二人に共通している点は、それぞれの種目において、ほかに期待できる選手がいなかったということだ。自分がこけたらすべて終わり――そんな思いが本人たちにとってプレッシャーになったのだと想像する」

「ふーむ」僕は腕組みをした。「その分析は当たってるかもしれないね。女子フイギュアのショートプログラムで、コストナーに浴びせられた声援は半端じゃなかったものね。あれじゃあ、力も入っちゃうよ」

「そこで今回の日本の成績をもう一度見直してみる。四位というのがやたらに多いが、それでも立派な成績だ。で、個人種目の四位という結果を見て、何か気づかないか」

僕は先程のリストを睨んでみる。すぐに首を振った。

「わかんない」

「まじめに考える気があるのか。いいかよく見てみろ。個人種目で四位に入っているのは四人だ。で、それらの種目のすべてにおいて、もう一人入賞者がいる」

僕はリストに目を落とした。

「ほんとだ」

「つまり二枚看板、三枚看板で挑めた競技ほど、その結果もよくなるというわけだ。コストナーにしてもロッカにしても、入賞を狙える仲間がもう一人いれば、本番であんなミスはしなかったかもしれない」

「うーむ、それって何かデータがないのかな」

すると、おっさんはぱちんと指を鳴らした。

「そういうだろうと思って、過去に日本がメダルを獲った時の記録を整理してみた。なかなか面白いことがわかったぞ」

おっさんはまた新たな書類を出してくる。小説を書かないで一体何を調べてるんだ、といいたくなるが、これも仕事らしいからまあいいか。

「日本のメダル第一号は猪谷《いがや》千春《ちはる》さんだが、五十年も前だから例外としよう。やっぱり日本が本格的に冬季五輪に取り組んだのは札幌大会からということになる。例の金銀銅独占の大事件があった」

「またその話かよ」僕はうんざりし耳の後ろをかく。

「黙って聞け。笠谷、金野、青地の揃い踏みはたしかに見事だった。だけど見逃してならないのは、彼等だけで日の丸飛行隊が形成されていたわけじゃないということだ。七十メートル級ジャンプの一回目を終わった時点で、じつは日本は一位から四位までを占めていた」

「えっ、四位？」

「もう一人、藤沢《ふじさわ》という選手がいた。彼もまたメダルを狙えるだけの実力者だった。そういう選手が四番手に控えていたから、ほかの三人も思い切って飛べたのだと思う」

さらに、とおっさんは続けた。

「一九八〇年のレークプラシッド大会では八木弘和が七十メートル級で銀メダルを獲得しているけど、同時に秋元正博も四位に入っている。仮に八木がしくじっていたとしても、秋元が銅メダルを獲得していた可能性が高いということだ。それ以後の個人でのメダル獲得のケースを検討してみると……」

おっさんは書類を広げた。

「一九八四年サラエボ大会では、北沢欣浩《きたざわよしひろ》がスピードスケート男子五百で銀メダルを獲得している。ところがこの時北沢は全くノーマークの選手だった。本命といわれていたのは、世界スプリントを制していた黒岩彰《くろいわあきら》だ。ところがその黒岩は本番で失速。日本中が落胆するなか、北沢はみんながあっと驚く滑りを見せた。翌日の新聞には、『伏兵北沢五百メートルで銀』という見出しが躍った」

「へえ、今回の加藤と及川の関係に似ているね」

「そのとおりだ。金メダルを期待された加藤が失敗したというイメージが強いけれど、日本のスピードスケートの歴史上、最初のメダル自体が本命による奪取ではなかったんだ。そもそも期待の星が本番でつぶれるというのは、日本に限らずどこの国でもあることだ。それでも強い国がメダルを獲れるのは、二番手三番手にもメダルを狙える選手がいるからなんだ。アメリカは今回アルペン複合で、エースのボード・ミラーが滑降で首位に立ち、そのまま優勝するかと思ったけれど、回転でまさかの旗門不通過、金メダルの夢は消えたかと思われた。ところが回転得意のテッド・リゲティが滑降二十二位から大逆転で優勝、アメリカ男子としては十二年ぶりにアルペン種目での金メダルを獲得した」

「日本も今回アルペンの男子回転で入賞したのは、エースといわれてきた佐々木選手ではなかったね」

「期待が集中していたから、佐々木選手は辛かっただろうと思う。でもその分、皆川選手と湯浅選手は力を発揮できたのだと思う」

「金メダルを期待できるようなすごい選手が一人いるより、上位入賞を狙える選手が二人以上いたほうがいいっていうことなのかな」

「まさにそういうことだ。そうした成功例はほかにもたくさんある。一九九二年のアルベールビル大会では、スピードスケート短距離に三人の実力者がいた。黒岩敏幸《としゆき》、井上純一《いのうえじゅんいち》、宮部行範《みやべゆきのり》だ。結局五百と千で三つのメダルを獲得した。一九九四年のリレハンメルではノルディック複合個人で河野孝典《こうのたかのり》が銀メダルを獲ったけれど、いうまでもなくこの時のエースは荻原健司だった。金メダル大本命の荻原の失敗を、河野が見事にカバーしたんだ。また次の長野大会はメダルラッシュにわいたけれど、金メダルを獲ったスピードスケートの清水宏保《しみずひろやす》には堀井学《ほりいまなぶ》、モーグルの里谷多英《さとやたえ》には上村愛子、ジャンプの船木和喜には原田雅彦や葛西紀明、ショートトラックの西谷岳文《にしたにたかふみ》には寺尾悟《てらおさとる》や植松仁《うえまつひとし》というように、実力の拮抗《きっこう》したライバルが必ず存在している。逆に、メダルを期待できるのが一人しかいないというようなケースでは、殆どの場合、いい結果が出ていない。今回でいえば男子フィギュアが挙げられるかな。これなんかは国内に織田《おだ》というライバルがいながら、出場枠の関係で高橋選手しか出られなかった。まず出場枠を増やすことから考えなければならないだろう。ほかにはスケルトンの越《こし》、スピードスケート男子長距離の白幡《しらはた》、女子長距離の田畑選手らも長年の間、孤軍奮闘組だった。チャレンジを続けることで、それなりの結果が出たこともあったけれど、メダルに届かなかったのは、一人きりの挑戦には限界があるからだと思う。唯一の例外はアルベールビルの女子フィギュアで銀メダルを獲った伊藤みどり選手ぐらいだろう」

僕はそこまで聞いたところで首を捻った。

「でも夏季五輪の種目じゃあ、もともと一人しか出られないっていう競技も多いじゃないか。柔道がそうだし、体操だってそう。ハンマー投げの室伏選手も孤軍奮闘で金メダルを勝ち取った。二枚腰でないとメダルを狙えないっていうのは、冬季スポーツの甘えじゃないのかな」

するとおっさんは人差し指を立て、眉間に皺《しわ》を寄せて、ちっちっち、と舌を鳴らした。なんか腹立つな。

「冬季スポーツには自然の影響を受ける競技が多いし、滑る、という不安定な状態で勝負をかけているからアクシデントも起きやすい。夏季スポーツではありえないスピードをコントロールする必要もある。何が起きるかわからないのが冬季スポーツなんだ。それなのに、たった一人だけに期待を寄せるなんてのは、元々ナンセンスなんだ」

「ナンセンスとまでいうか」

「今回、男子回転が快挙を成し遂げたけれど、それをある程度俺たちに予言していた人がいたよな」

「うん、木村公宣さんだろ」

木村さんとはトリノで一緒に食事をした。男子回転が行われる二日前のことだ。

「木村さんは俺たちに、男子回転は面白いことになりそうだといってくれた。その根拠は、エースの佐々木明選手の調子がいい、とかいうものではなかった。木村さんが注目していたのは、その時点ですでに皆川選手だった。皆川選手はワールドカップの成績から、当初は第二シードに入れられていた。このグループだと、滑走順が最高でも十六番以降で、あまりいい条件では滑れない。ところがオーストリアがメンバーを入れ替えたことで、皆川選手は佐々木選手と同じ第一シードに入れた。これだと滑走順が悪くても十五番以内だ。うまくいけば八番目とか九番目になれるかもしれない。二人の選手がその状態で滑れるなら、日本としては大いに期待できる、という読みだった」

「その読みが見事に当たったわけだね」

「木村さんはこの種目で、長年にわたってたった一人で戦い続けてきた。孤軍奮闘の辛さと限界を肌で感じていたからこそ、今回はいける、と手応えを摑んだのだと思うよ」

「木村選手、いろいろと大変だったみたいだもんねえ」

帰りの飛行機でも一緒だった木村さんには、僕たちはつい特別の思いを抱いてしまう。

「荒川静香選手の金メダルにしても、四位に村主選手がいたという点に注目すべきだ。仮に荒川選手が大失敗をやらかしたとしても、日本は少なくともメダル一つは確保できただろう。強い、メダルが期待できる、というのはそういうことなんだ。以上のことから、俺は一つの結論を得た」おっさんは指を立てた。「メダル奪取の最低条件は、エース以外にもう一人、準エースが必要だということだ。準エースのレベルによって、勝負の行方が決まるといってもいい」

ふんふん、なるほどそのとおりだなあと思いながら僕は頷いた。だけど、ふと気がついて顔をあげた。

「でもそれって、要するに各競技の選手層を厚くするってことだろ。そんなことはそれぞれの競技団体だって考えてることだよ。今さらド素人のおっさんなんかにいわれたくないと思うな」

「いや、単に層を厚くするっていうのと、準エースを育てるっていうのは、発想としては全く違うことだ。たとえばAというエースがいるとする。それに対してBという準エースを育てようとした場合、Aと同じタイプの選手にするのか、違う特徴を持った選手にするのか、判断が問われるだろ。育成の段階から、二人以上のエースを作るんだという発想がなければ、なかなか実現することじゃない。それを今まで成り行きに任せてきたから、うまくいかなかったのだと思う」

「成り行きねえ……まあそうかもしれないね。世界記録保持者のかわりに『びっくりドンキー』が健闘してくれるなんてことは、協会も考えてなかっただろうしね」

「だけど今のままじゃ、だめだ」おっさんは大きく首を振った。「準エースを育てろ、二枚看板三枚看板にしろといっても、現状では難しい。難しくなる一方だ」

「急に悲観的になったな」

「結局は統計学なんだ。メダルを狙えるようなエース級の選手が出てくるには、それなりの分母が必要だ。多くの競技者がいて、その中からようやく現れる。現状では多くの競技で、エース級を一人作り出すのが精一杯だ。それをもう一人育てるには、単純に考えた場合、競技者数を倍にしなければならない。だけど冬季スポーツを始めようとする子供は、これからも減り続けるだろう。今回のトリノ五輪は、その現象に拍車をかけることになったかもしれない」

「メダルを獲れなかったからかい?」

「それはたしかにある。冬季五輪の平均視聴率は、ソルトレークシティー大会に次いで史上二番目の低さらしい。荒川静香がいなければ、たぶん最低になっていただろう。冬季スポーツへの関心がますます薄れてしまったのだとしたら、じつに残念だ」

「メダルが獲れないから関心が薄れて競技者が減る。で、優秀な選手も出にくくなるからますますメダルが遠くなる。負のスパイラルだね」

「フィギュア以外で視聴率が高かったのは、男子ハーフパイプ、スピードスケート男子五百、モーグル女子といったところだ。これらはいうまでもなく、戦前の報道でメダルが期待できるといわれていた種目だ。ここでコケたものだから、お茶の間がソッポを向いたのだと思う。逆に考えれば、メダルさえ獲れば、人気復活の目はあるということだ。もしかしたら次のバンクーバー五輪は、日本にとって分岐点かもしれないな。今度もだめなら、日本国民は冬季スポーツには愛想を尽かすかもしれない」

「そういえばおっさんは、日本人にとって冬季五輪とは何かってことも検証しているんじゃなかったか。結論は出たのかい？」

僕がいうとおっさんは渋い顔になり、うーんと唸った。

「なんだ、結論は出ずじまいか」

「もう少し時間がほしいというところかな。真の答えは次のバンクーバー五輪で出るような気がする。ただ、現段階でいえることはある」

「何だい」

「実際に五輪会場に乗り込んでみて感じたことは、日本は奇妙な国だということだ。韓国や中国のようにアジア人であることを自覚して特化することもなく、ひたすらに欧米人と同じことをやろうとしている。様々な会場で俺たちは、『なんでこんなところに日本人がいるんだ』という目で見られたよな。嘲笑や冷笑といったものまで浴びた。殆どの選手がゴールインした後、ようやく競技場に入ってきた日本人選手を見て、辛い思いをしたのも事実だ。それは世界における日本の立場を象徴しているようにさえ思えた。場違いなところに無理して出て行って、奇異な目で見られている。だけど俺は、そんな日本選手に感動したんだよ。クーベルタンの、『参加することに意義がある』という言葉の意味が生まれて初めてわかった。俺たちはここにいる、忘れてもらっちゃ困るぞ——それを堂々と主張できる場所が五輪なんだ。日本にも冬があり、雪が降り、池の凍る場所はある。だから冬季五輪に出て行く。国として、ふつうのことなんだ。メダルを獲れそうな種目だけじゃなく、二十位や三十位とかでがんばっている選手たちにもっと光を当てれば、冬季スポーツへの関心度も変わってくると思うんだけどな」

ううむ。何となくうまくまとめやがった。

「で、次はどうするんだい？」僕は訊いてみた。「バンクーバー五輪、木村さんに誘われてたみたいだけど」

「行くわけないだろ。身体がもたないよ」おっさんはそういって顔をしかめた。

「今度はテレビ観戦に徹するよ」

それを聞きながら、さあそれはどうかなと僕は思った。イタリアから帰国後、おっさんが、冬季競技観戦用の長靴をインターネットで調べていたのを僕は知っている。

その時には、また僕に「冬の魔法」がかかるのだろうか。

『2056　クーリンピック』

1

手足を伸ばし、ふあー、と思いきり欠伸をしてみた。窓から差し込む陽光が暖かいせいだけではない。おっさんが以前に出した『夢はトリノをかけめぐる』を読んでいたら、途端に眠くなったのだ。

早いものだな、あれからもう三年か。身体の動きも鈍くなるはずだ。猫は人間より、年を取るのが五倍ほど早いのだ。

それにしても、と手元の『夢は――』を眺めてみる。

おっさん、よくこんな仕事を引き受けたものだ。イタリアまで出かけていって五輪を取材するなんて、海外旅行嫌いのおっさんからは到底考えられない。しかも毎日、ものすごい距離を移動しているじゃないか。疲れたもんなあ。アスティ観光局のマヌエラさんは元気だろうか。無謀運転手のパウロは、相変わらずハイウェイをぶっ飛ばしてるのかな。

この本をおっさんが苦労しながら書いていた時のことを思い出す。エッセイは苦手だからといって、僕を主人公にした小説仕立てにしたのだ。苦肉の策だったけど、こうして読み返してみると、やっぱりおっさんに観戦記なんかを書かせちゃいかんなあと思う。オリンピックの臨場感、緊張感がちっとも伝わってこない。単に感想をだらだらと書いているだけじゃないか。基本的におっさんはホラ話が得意で、事実を面白く伝えるのは上手《うま》くないのだ。この本の後、もう一冊だけエッセイ集を出し、それでもう一切エッセイは書かないことにしたようだが、絶対に正解だと思う。そういえば北京五輪を取材しないかという話もあったようだが、即座に断っていた。

僕は本を放り出し、本格的に眠りに入ることにした。今日、おっさんは出かけている。例によってスノーボードだ。ゲレンデを舞台にした小説を連載中だとかで、取材の名目で遊んでいるわけだ。

うとうとしかけた時、コンコンとノックの音がした。おかしいな。宅配便ならチャイムを鳴らすはずだ。

無視していると、再びコンコンコンと聞こえた。面倒だったが、何となく気になったので玄関に行ってみた。

コンコンコン——また叩いている。

猫語が相手に通じるかどうかはわからなかったが、誰ですか、と訊いてみた。

返事はなかった。そのかわりにドアの隙間から何かが差し入れられた。封筒のようだ。

僕はおそるおそるドアを開けてみた。しかしドアの外には誰もいなかった。

僕は封筒を拾い上げた。中を確かめてみると、チケットが一枚入っていた。そこにはこう記されていた。

『OLYMPIC　2056（C）　開催期間12月10日から13日まで』

オリンピック？　2056ってどういうことだろう。開催期間がやけに短い。

チケットのデザインは、スキーやスケートのイラストをちりばめたものになっている。

僕は廊下の先を見た。暗い闇が続いていて、はるか先に明かりが見える。わけもなく、そこまで行かねばならないような気がして僕は進んだ。期待と不安が入り交じった複雑な思いが、胸の中で膨らんでいく。

出口が近づくと、物音も聞こえてきた。人の話し声もする。でも外から入ってくる光が眩しすぎて、目を開けているのも辛い。

目をつぶったまま、えいっと足を踏み出した。気持ちを整え、ゆっくりと瞼を開いていく。

そこは歩道の真ん中だった。もう少しで人とぶつかるところだった。

ここはどこだろう？

周りを見回したところ、日本人が圧倒的に多い。しかし外国人の姿も少なくない。皆が話している言葉や看板の文字は日本語が中心だが、英語もかなり混じっている。人々の服装は薄い金属のようなもので出来ていて、建物はどれも鏡のようにキラキラと光っていた。

銀行らしき店舗があったので、中に入った。不思議な機械がずらりと並んでいるだけで、カウンターのようなものはなかった。その機械のパネルには、次のように表示されていた。

DATE　2056年12月10日

ふうむ、やっぱりそうか。

賢明な読者なら、この物語の仕掛けに気づかれたことだろう。今回の物語はタイムスリップものなのだ。僕は突然二〇五六年に来てしまったというわけだ。ふつうなら、なぜそんなことが起きたかについて考察するところだが、そういう暇はないので省略する。それよりも気になっていることがある。このチケットだ。

これによれば、この世界のどこかでオリンピックが行われているらしい。しかもデザインを見たかぎりでは冬季オリンピックだ。となれば、『夢トリノ』の主人公としては見逃すわけにはいかない。

そして僕は、もう一つ不思議なことが起きていることにも気づいていた。ガラスドアの前に立った時、そこに映る僕自身の姿が、あの日と同じように人間に変わっていたのだ。

ただしあの時のような青年の姿ではなく、どう見ても中年のおじさんだったが……。

2

どこでオリンピックが行われているのか、まずそれを道行く人に尋ねてみることにした。最初に声をかけたのは、銀色のスーツを着た男性だ。人の良さそうな顔をしていたからだ。

しかし僕の質問を受け、彼は怪訝そうな顔つきに変わった。

「オリンピック？　何をいってるんだ。そんなものはとっくの昔に終わってるよ」

「終わってる？　どこで開かれたんですか」

「それはもちろんこの街だ。二か月ほど前にね。その後、パラリンピックもあったけど、それも一か月前に閉幕したよ」

「でもチケットによれば開催期間は今日からになっているんですけど」

そういってチケットを見せたが、男性は首を捻った。

「わからないな。何かの間違いじゃないかなあ」

この後も何人かに声をかけてみたが、反応は同じようなものだった。そこで僕は交番に行ってみることにした。警察官なら、オリンピック期間中は警備にあたるから、何か知っているだろうと思ったのだ。

しかし地味な戦隊ヒーローといった風体の警官も、チケットを見て首を傾げた。

「おかしいですね。オリンピックもパラリンピックも終わって、とうの昔に通常の警備に戻っているのですが」

その時、隣にいた女性警官がチケットを覗き込んでいった。

「あっ、もしかしてこれ、クーリンピックのことじゃないですか。括弧の中に、Cって書いてあるでしょ。これ、クーリンピックの略ですよ」

「クーリンピック？　ああ、そうか。そういえばそんな話を聞いたことがある」

「たしか、今日からですよ。ネットの地方ニュースで見た覚えがあります」

「そうだなきっと。あれも一応オリンピックの一部だって話だからな」

あのう、と僕はいった。「クーリンピックって何ですか」

「何といえばいいのかなあ」警官は腕組みをした。「元々は寒いところで行われていたスポーツの大会ってところですかね」

「元々は？　今は違うんですか」

「そりゃ、今日なんかも寒いですけど、昔はこんなものじゃなかったって話でしょ。何しろ、空気中の水蒸気が雨粒じゃなくて、白い結晶になって落ちてきたというんですからね。それが積もって、建物や道路が真っ白になったそうです。そんな頃のスポーツですよ。あなた、そういう話を聞いたことはありませんか」警官が馬鹿にするように笑った。

「……そのクーリンピックは、どこで行われていますか」

「ええと」

警官たちが場所を調べてくれた。ここから歩いて五分ほどのところにある室内競技場がメイン会場らしい。

礼をいい、僕は交番を出た。会場に向かいながら、警官の言葉を思い出した。彼がいっていた「白い結晶」とは雪のことに違いない。あの言い方から察すると、少なくとも彼は雪を見たことがない。

会場が見えてきた。屋根がドーム形をしている。あの中は冷房が効いていて寒いのだろうなと想像した。十二月だというのに、外はちっとも寒くない。でもさっきの警官は、この気温を寒いと表現していた。つまり、これが通常だということか。

競技場の入り口には、『OLYMPIC　2056（C）』の看板が出ていた。しかし人影はまばらで、どことなく閑散としている。係員がいたので、チケットを見せて中に入った。トリノの時みたいに持ち物検査をされることはなかった。

通路を進むと、扉が開放されたままのところがあった。そこから中に入り、驚いた。目の前に白いスケートリンクがあったからだ。レーシングスーツを着た選手たちや、背広姿の競技委員たちがいる。

スタンドはがらがらだった。観戦している人々にしても、今ひとつ盛り上がっていない。知り合いが出場するので仕方なく、といった雰囲気が漂っている。

スタートのピストルの音が響き、二人の選手が滑り始めた。それは僕がよく知っているスピードスケートと何ら変わらなかったので、ほっとした。

しかし何かがおかしい。何かが微妙に違っている。

すぐに僕は違和感の原因に気づいた。少しも寒くないのだ。スケートリンクと観客席の間に仕切りがあるわけでもないのに、氷の冷たさが少しも伝わってこない。そもそも、こんな気温のもとでは、氷は忽《たちま》ち溶けてしまうはずだ。

これはもしや、と思った時だった。

「夢吉さんじゃありませんか」不意に後ろから声をかけられた。

振り返ると、黒ずくめの格好をした老人が立っている。彼は目を細めて笑った。

「やっぱり夢吉さんだ。やあ、懐かしいなあ」

「あっ、君は――」

トリノへ一緒に行った黒衣君だった。しわくちゃのお爺さんになっているけど、とぼけた表情は昔のままだ。

「久しぶりだねー。元気だった？」

「おかげさまで。夢吉さんは、いつまでも若々しくて驚きました」

「いやあ、これには事情があるんです」

僕はタイムスリップしたことを黒衣君に話した。

「そうですか。それは不思議なこともあったものですね」黒衣君も、これについてはあっさりと流す。「まあせっかく来たんですから、この時代を楽しんで帰ってください」

「それはいいんだけど、この大会は一体どうなってるわけ？　クーリンピックって何なのさ？」

僕が訊くと、黒衣君は途端に悲しそうな目になった。

「それについては話すと長くなります。この約五十年の間に、とんでもないことが起きたのですよ」

3

「夢吉さんも御承知の通り、二十世紀末から地球温暖化が叫ばれていました」

スタンドに並んで腰を下ろした後、黒衣君は話し始めた。リンク内では相変わらずスピードスケートの試合が行われている。

「結論からいえば、温暖化に歯止めはかかりませんでした。CO_2削減がうまくいかなかったこともありますが、やはり人間には自然の力をコントロールすることなど不可能だったのです。平均気温は年々上昇し、南極でも北極でも氷が溶け続けました。日本でも、北海道に流氷が辿り着かず、湖に氷が張らないということが珍しくなくなったのです。降雪量も激減し、二〇二七年、ついにすべてのスキー場が営業出来ないままで冬が終わりました。日本のスキー場は、それから三年以内にすべて廃業していきます。同様のことはヨーロッパでも起きていて、二〇三二年、標高二千メートル以下の山には雪が積もらなくなりました。そして二〇三六年、世界中のスキー及びスノーボードの団体は、すべて解散されました。競技自体が行われないのだから、団体も不要になったのです」

「ちょ、ちょっと、ちょっと待って」僕は両手を黒衣君のほうに出した。「スキーやスノーボードの競技が行われないって、じゃあオリンピックとかはどうなったの」

「当然、そのこともお話しせねばならないでしょうね」黒衣君は頷いて続けた。「二〇三四年、最後の冬季オリンピックが開催されました。開催都市はニューヨークでした」

「ニューヨーク？　あんなところで？」

「どこでもよかったのです。まともな雪山など、その頃にはどこにもありませんでした。スキーやスノーボードの選手は残り少ない氷河の近くへ行くなどして、形だけの競技を行ったのです。ニューヨークは単に放送の中継点というだけでした。またボブスレーやリュージュといったソリ競技は、すでに行われなくなっていました。施設を作ったところで、気温が高くては使い物になりませんからね。

そんなしょぼい大会にニューヨークが立候補したのは、単にフィギュアスケートの大会を地元で開催したかったからにすぎません。というのもスケート競技は、温暖化の影響を受けなかったのです」

あっ、と僕は声をあげた。

「このリンクのおかげだね」

「やはり気づいておられましたか」黒衣君は目を細めた。「これは氷ではなくプラスチックで出来たスケート場です。プラスチックに特殊なワックスがコーティングされているのです。二〇〇八年頃から普及していますから、夢吉さんも御存じだったのですね」

「当時は練習用のリンクとして開発されたはずだ。でもそれが正式な競技に使われているなんて……」

「不況の影響もあり、維持費の安いプラスチックリンクは瞬《また》く間《ま》に普及しました。そうなれば公式競技でもこちらを使うようルールが変更されるのは時間の問題でした。特に、夏場でもフィギュアの大会を見られるメリットは大きかった。観客が寒さに震えることもない。そしてフィギュアがプラスチックリンクを使うとなれば、ほかのスケート競技も従わざるをえない。何しろスケートというのは、経済的にはフィギュア頼みの競技ですからね」

スケートだけじゃない、と僕は思った。すべての冬季競技がフィギュア頼みだってことは、トリノへ行った時に思い知った。

そのことをいうと黒衣君は沈痛そうに眉根を寄せた。

「たしかにそうでしたね。二〇三四年のニューヨーク五輪にしても、フィギュアだけが注目されていました。ほかの競技は、それこそ刺身のツマです。そして翌二〇三五年、とんでもないことが決定されました。冬季オリンピックの無期限開催停止と、フィギュアスケートの夏季オリンピックへの移行です」

「えー」僕はのけぞった。「そんな馬鹿な」

「悪夢のような話ですが事実です。今もいいましたように、プラスチックリンクのおかげでフィギュアスケートは夏でも出来るようになりました。それならばわざわざ冬季種目に入れておく理由がない、というのがＩＯＣの言い分でした。そしてフィギュアがないとなれば、冬季オリンピックに立候補する都市など世界中のどこにもなかった。しかも雪山もない。冬季オリンピックの消滅は、もはや避けられないことだったのです」

「じゃあ、スピードスケートやショートトラックも夏季に？」

いいえ、と黒衣君は悲しそうに首を振った。

「移行したのはフィギュアだけです。それ以外で唯一検討されたのはアイスホッケーでしたが、あちらのほうは元々プロリーグという場がありますから、結局見送られました。で、ほかの競技は全滅です。彼等はオリンピックという最高の舞台を失いました」

彼の話を聞き、僕は泣きたくなった。冬季スポーツをこよなく愛していたおっさんが聞いたら、たぶん気絶するだろう。

「それでもスケート選手は、まだ幸せなほうだったのです。フィギュアがあるおかげで、プラスチックリンクがなくなることはない。とりあえず、競技を続けることは出来たわけです。その点では、カーリングも救われましたね。プラスチックリンクへの対応に、いろいろと苦労はしたようですが」

「ソリ競技同様、スキーやスノーボードも絶滅したわけか」

僕はわざと悲観的な表現を使った。しかしそれは決して大袈裟ではなかったようだ。

「雪そのものが地球上から消えたわけですからね」黒衣君は力のない笑みを浮かべた。

「屋内施設は作られなかったの？　かつて、ザウスのようなものを作ったことだってあるじゃないですか。あれほどの規模じゃなくても、ハーフパイプをする程度の施設なら、世界中にあったはずだ」

「たしかに、そういう施設がたくさん作られたこともあります。でも結局、どこも経営難で潰れてしまいました。考えてみれば当然です。小さな屋内施設を利用してでも滑りたいという人は、かつて広大なゲレンデを滑走した経験のある人たちだけなのです。昔の思い出を呼び覚ますために行くんです。たかだか数十メートルの距離を滑るために、新たにスキーやスノーボードに取り組もうという人はいません。今ではハーフパイプといえば、スケートボード、ローラーブレード、バイクの競技と理解されています」

黒衣君の話を聞いているうちに、僕は深く項垂《うなだ》れてしまった。彼の話はいちいち尤もだった。雪がなくなる、冬がなくなるとは、こういうことだったのだ。

ピストルの音が響き、僕は顔を上げた。スピードスケートの競技は続いている。

「じゃあ、この大会は一体何なの？　冬季オリンピックはなくなり、夏季オリンピックの種目にも入れてもらえなかったのに、こうしてレースは行われている」

するとと黒衣君はリンクを見回し、ため息をついた。

「これは今年だけの記念事業です。毎回、行われるわけじゃありません」

「というと？」

「二〇三五年に冬季オリンピックの無期限開催停止が決まった後も、フィギュアを除く冬季競技の団体は、冬季オリンピックの歴史だけは残そうと努力を続けてきました。スキー、スノーボード、ボブスレー、リュージュ――そういうスポーツが存在したことさえも忘れ去られるのは、あまりに寂しいですからね。そこで今回夏季オリンピックとパラリンピック終了後に、冬季オリンピックで採用されていた競技を復活させることになったのです。涼しい季節に行われていた競技ということでクール・オリンピック、略してクーリンピックと呼ばれています」

「そういうことか」ようやく名称について合点がいき、僕は膝を打った。

「ただし、あくまでもエキシビションです。優勝してもメダルはもらえません。

かつてこういうオリンピックがあったという紹介にすぎないのです」

僕はがっくりと肩を落とした。それでは盛り上がらないのも当然だ。

「だけど復活させるといっても、スケートリンクを使う競技だけだよね。スキーやスノーボードの大会は出来ないんでしょ」

「いえ、それが出来るんです」黒衣君が少しだけ元気な声を出した。

「出来るの？　屋内施設を作ったわけ？」

「まあ、そういうことなのですが」彼は腕時計を見た。「ちょうどいい。今、アルペンの大会をやっているはずです。見に行きましょう」

「へえー」

僕も少しだけ元気を取り戻した。

4

黒衣君が連れていってくれたところは、映画館のようなところだった。正面に巨大モニターが設置されていて、それを鑑賞する椅子が並んでいる。客の入りは三割弱といったところで、殆どが年配、というより高齢者だった。

モニターに雪山が映った。徐々にズームインしていき、スタート地点にいる選手の姿がアップになった。

おう、と僕は思わず声を上げた。

やがて選手が勢いよくスタートした。果敢にコースを攻めていく。どうやらスーパー大回転の試合らしい。選手がエッジを切るたびに雪煙があがる。

すごい、と僕は黒衣君にいった。

「まだ、こんなに雪のあるところが残ってたんじゃないか。一体どこかな。カナダかな」

　すると黒衣君は、ゆっくりと首を振った。

「残念ながらこれは中継じゃないんです。選手は、あそこにいます」

　彼が指差したのは、舞台の隅にある物置のような箱だ。よく見るとドアが付いている。

「選手はあの中に？　ということは、もしや……」

「そうなんです」黒衣君は頷いた。「あれは一種のシミュレーターです。選手は特殊なゴーグルを付け、そこに映し出されたコースを滑っているのです。彼等の動きをコンピュータが解析し、コースと共に映像化して、このように実際に滑っているように映されているというわけです」

「つまり、ＣＧ……。いやあ、それにしてはよく出来ているな」

　僕はモニターを凝視した。見事な滑走を見せる選手の姿も、飛び散る雪も、遠くの風景も、すべて実際の映像としか思えなかった。だが考えてみれば当然かもしれない。僕たちのいた時代でさえ、ＣＧ技術はかなり成熟していた。

「ＣＧ技術は完璧ですが、この映像を作るのには苦労したそうですよ。何しろ、殆どのスタッフがスキーも雪山も見たことがないわけですからね。昔の映像などを参考にしたそうです」黒衣君がいった。

この地球上から雪景色が消えたのだということを、僕はようやく実感しつつあった。周りの観客たちを見ると、彼等の目は昔を懐かしむ色に満ちていた。このコンピュータ映像を見ながら、自分たちが風を切って雪山を滑走していた時のことを思い出しているのに違いなかった。

モニター上の選手が、見事に旗門をくぐり抜けてゴールインした。観客たちの間から拍手が起こる。僕と黒衣君も手を叩いた。

間もなくシミュレーターのドアが開き、長身の男性が現れた。髪は白く、その顔には深い皺が走っていた。矍鑠《かくしやく》としているが、八十歳は過ぎているように見えた。

そういうことか、と僕は納得した。たとえシミュレーターといえど、実際のスキー技術がなければ、仮想空間のコースを滑走出来ない。しかしもはやこの時代には、オリンピックレベルのスキー技術を持っている人間となれば、老人しかいないわけだ。

観客たちは誰からともなく立ち上がり、拍手を続けた。見事な滑走技術を称えるスタンディングオベーションだ。もちろん僕たちも立った。

長身の老人は舞台の中央まで歩み出てくると、それに応えるように両手を振った。

僕は、はっとした。その笑顔に見覚えがあったからだ。

「あれはオリンピックに四大会連続で出場した——」

僕がそこまでいったところで、「夢吉さん」と黒衣君が声をかけてきた。見ると彼は、無粋なことはいうなとばかりに人差し指を唇に当てていた。

僕は頷き、一層拍手に力を込めた。

―5―


ほぼ半日をかけて、僕はクーリンピックの試合をいくつか観戦した。ハーフパイプやスキークロス、バイアスロンなんかも見た。殆どがCGとシミュレーターの組み合わせだったけど、それでも楽しかった。

「この時代の若者たちは、ああしたスポーツを現実の世界では楽しめないわけだよね。それって、何だかかわいそうだなあ」

僕がいうと、黒衣君は顔を歪めた。

「全く申し訳ない話です。我々の時代に何とかすべきだったのです。少なくとも、どの政治家が温暖化対策に本気で、どの政治家がそうでないかぐらいは見極めるべきでした」

「もう、何もかも手遅れなのかなあ」

黒衣君は背筋をぴんと伸ばした。

「いえ、そうは思いません。人間は愚かですが、学習する生き物でもあります。かつての気候を取り戻そうとする努力が、地球のあちらこちらで行われています。何年か先、いや何十年か先に、必ず自然は私たちを許してくれるはずです。私はそう信じています」力強くいいきった。

「そうなるといいね。それまでスキーやスノーボードの技術が絶えないようにしないと」

「そういうことです」

いつの間にか、最初の場所に戻っていた。すぐそばの建物の壁に、黒い影が落ちている。まるで壁に空いた穴のようだ。それが何なのか、僕にはわかった。

「そろそろ帰らなきゃいけないみたいだ」

「そのようですね」

「いろいろとありがとう。黒衣君、いつまでも元気で長生きしてね」

「ありがとうございます。夢吉さんもお元気で」

僕は黒衣君に手を振りながら、壁の黒い影に近づいていった。さらに足を踏み入れると、何の抵抗もなく壁の向こう側に通れた。

来た時と同じように暗い廊下が延びていた。僕は後ろを振り返ることなく奥に進んだ。間もなく、見慣れたドアが前方に現れた。

部屋に入ると、玄関先に汚れたバッグとスノーボードケースが置いてあった。おっさんが帰っているらしい。バスルームから、下手な鼻唄が聞こえてくる。どうやら機嫌がいいようだ。ゲレンデのコンディションがよかったのかもしれない。せいぜい今のうちに楽しんでおくことだ、と僕は思った。あと二十年もしたら、日本では滑れなくなるのだから。

いや、待てよ。二十年後には、おっさんは七十歳か。どうせ出来ないか。

そこまで考えたところで、僕は自分の迂闊さに気づいた。あの時代――二〇五六年には、おっさんはどうなっていたのだろう。黒衣君に訊けばわかったはずだが、びっくりすることの連続で、おっさんのことなんかすっかり忘れていた。

二〇五六年には……九十八歳か。

やっぱり無理だろうなと思いつつ、いやあのおっさんのことだから案外生きているかも、という気もした。

黒衣君におっさんのことを尋ねなくて正解だったかもしれない。もし聞いていたら、僕の態度が変わってしまうおそれがある。

「このおっさん、あと二十二年の命なんだよなあ。かわいそうになあ」

そんなふうに思ったら、もうこれまでみたいに喧嘩することも出来ないもんなあ。

いつの間にか、僕の姿は猫に戻っていた。

二〇〇六年五月　光文社刊

光文社文庫　光文社

夢《ゆめ》はトリノをかけめぐる
著者　東《ひがし》野《の》圭《けい》吾《ご》

2009年2月20日　初版1刷発行
2025年7月20日　11刷発行

発行者　三宅貴久
印刷　堀内印刷
製本　ナショナル製本

発行所　株式会社　光文社
〒112-8011　東京都文京区音羽1-16-6
お問い合わせ
https://www.kobunsha.com/contact/

落丁本・乱丁本は制作部にご連絡くだされば、お取替えいたします。
電話 (03)5395-8125
ISBN978-4-334-74547-9　Printed in Japan

組版　堀内印刷

光文社文庫　好評既刊

サイレント・ブルー	樋口明雄
愛と名誉のためでなく	樋口明雄
黒い手帳	久生十蘭
肌色の月	久生十蘭
リアル・シンデレラ	姫野カオルコ
ケーキ嫌い	姫野カオルコ
潮首岬に郭公の鳴く	平石貴樹
スノーバウンド@札幌連続殺人	平石貴樹
立待岬の鷗が見ていた	平石貴樹
独白するユニバーサル横メルカトル	平山夢明
ミサイルマン	平山夢明
八月のくず	平山夢明
探偵は女手ひとつ	深町秋生
第四の暴力	深水黎一郎
灰色の犬	福澤徹三
群青の魚	福澤徹三
そのひと皿にめぐりあうとき	福澤徹三
侵略者	福田和代
繭の季節が始まる	福田和代
いつまでも白い羽根	藤岡陽子
トライアウト	藤岡陽子
ホイッスル	藤岡陽子
晴れたらいいね	藤岡陽子
波風	藤岡陽子
この世界で君に逢いたい	藤岡陽子
三十年後の俺	藤崎翔
オレンジ・アンド・タール	藤沢周
ショコラティエ	藤野恵美
はい、総務部クリニック課です。	藤山素心
はい、総務部クリニック課です。 私は私でいいですか？	藤山素心
はい、総務部クリニック課です。 この凸凹な日常で	藤山素心
はい、総務部クリニック課です。 あなたの個性と女性と母性	藤山素心
はい、総務部クリニック課です。 あれこれ痛いオトナたち	藤山素心
お誕生会クロニクル	古内一絵